転生悪女の
幸せ家族計画
黒魔術チートで周囲の人達を幸せにします
来須みかん
illust. しがらき旭

クリス
レイヴンズ伯爵。礼儀正しく心優しい紳士。前妻を亡くし、アルデラを後妻として迎え入れる。
アルデラ
本作の主人公。元々は現代日本人であったが、レイヴンズ伯爵夫人アルデラに転生する。黒魔術の使い手。

ブラッド
レイヴンズ伯爵に仕える騎士。アルデラの護衛を務め、ある出来事をきっかけにアルデラに心酔する。
ケイシー
レイヴンズ伯爵家に長年仕えるメイド長。クリスとアルデラの幸せを願い、陰から見守っている。
ノア
レイヴンズ伯爵家の令息。素直で優しい天使のような少年。クリスとアルデラを心から敬愛している。

CONTENTS

来須みかん
illust. しがらき旭
転生悪女の
幸せ家族計画
黒魔術チートで周囲の人達を幸せにします

プロローグ
prologue

私は今、とても怖い夢を見ている。

それは、中世ヨーロッパ風の異世界で暮らす私が、無実の罪により処刑されてしまう夢。

早く目覚めたくて無理やりまぶたを開くと、見たことのない天井が広がっていた。ベッドの上にいることに安心する。やっぱり、あれはただの夢だったのね。

寝起きのせいか、なんだか頭がぼんやりしている。

ここはどこだろうと思い、少し首を動かすと、点滴を打たれている自分の右腕が見えた。

点滴ということは、ここは病院？

それにしては部屋の中が豪華だった。広い室内は、まるで貴族が暮らしていそうな作りで、夢の続きを見ているのかと思ってしまう。

ノックのあとで、だれかが部屋に入ってきた。看護師ではなく、なぜかメイドだった。話しかけたいのに、のどが痛くてうめき声しかでない。

ハッとこちらに気がついたメイドは「お目覚めですか⁉」と言いながらベッドにかけよってきた。

「すぐにお水をお持ちしますね！　奥様！」

おくさま？

あわてて部屋から飛び出したメイドは、扉を閉めることも忘れ「奥様が！　アルデラ奥様がお目覚めになられました！」と叫んでいる。

アルデラ。その名前を聞いたとたんに、私の思考はクリアになった。

そうだった、アルデラは今の私の名前だわ。

この身体《からだ》の元の持ち主は、アルデラという名前の少女だった。ここは中世ヨーロッパ風の異世界で、アルデラはこの国の貴族であるオーデン公爵家《こうしゃくけ》の長女として生まれた。でも、そのアルデラの精神が消滅してしまい、身体を維持するために、急遽《きゅうきょ》、アルデラの前世の記憶が復元された。

その前世の記憶が私だから、これはようするにあれね。異世界転生ってやつ。

アルデラの中身が私に代わってしまったので、今のアルデラはアルデラであってアルデラではない。

前世の私は日本人なのよね。前世の記憶をすべて思い出せるわけではないけど、家族はみんな優しくて、中でもおばあちゃんにはとても可愛《かわい》がってもらっていた。

大好きなおばあちゃんと一緒に時代劇を観るのが好きだったっけ。

それに比べてアルデラの人生はひどい。

私の頭に浮かぶ彼女の記憶をたどると涙があふれた。

アルデラは、家族にうとまれずっと存在していないように扱われてきた。その理由は、アルデラがこの世界では不吉な黒髪黒目だったから。

そんなアルデラは、この世界の成人年齢である十六歳になっても社交界デビューをさせてもらえず、厄介払いとばかりに、借金まみれのレイヴンズ伯爵家の後妻として嫁がされた。嫁ぎ先のレイヴンズ伯爵には、亡くなった前妻との間にノアという六歳になる息子がいた。

ここでもつらい目にあわされるかと思っていたけど、予想外にレイヴンズ伯爵家の人達は温かかった。優しくしてもらい、アルデラは本当に驚いていた。でも、そんな幸福は長く続かなかった。

結婚から三年後にアルデラは、伯爵の幼い令息ノアを殺害したという罪を着せられ投獄されてしまう。

民衆に悪女と罵《ののし》られながら、無実のアルデラが処刑されるその瞬間、黒い炎が彼女を取り巻いた。

それはオーデン公爵家が代々受け継ぐ秘術、黒魔術の発動だった。黒魔術を扱うには必ず代償が必要になる。だからアルデラは黒魔術の代償に自分の命を捧《ささ》げて、レイヴンズ伯爵家に嫁いできたときまで時間を巻き戻した。

アルデラが命を捧げてまで時間を巻き戻して望んだこと。それは、復讐《ふくしゅう》でもなく自身の冤罪《えんざい》を晴らすことでもなく、何者かに殺されてしまったノアを救うことだった。

だから、アルデラになった今の私がやることも、ただ一つ！　ノアを救う！

消えてしまったアルデラの望みは絶対に叶《かな》えてみせる。私はそう固く決心した。

第一章　レイヴンズ伯爵家の人達

episode01

　ベッドから降りようとすると頭がクラクラした。体勢を崩した私は、点滴をつけたまま床に倒れ込んでしまう。

　ふと見ると、黒髪の美しい少女も倒れていた。

「……だれ？」

不思議に思い首をかしげると、鏡の中の少女も首をかしげる。

「えっ、これって鏡よね？　ということは、もしかして、この黒髪の美少女が……アルデラ!?」

アルデラは、子どものころからお金も手もかけてもらえなかった。だから、髪はボサボサ、肌はガサガサ。やせていて、いつも同じ服を着ていた。

それなのに、鏡の中の少女の黒髪はツヤツヤで、肌は白くて美しい。

「どうして？　信じられない」

でも、この世界には黒髪黒目はアルデラしかいない。

私が鏡に向かって手を伸ばしていると扉のほうで「きゃあ」と女性の悲鳴が上がった。パタパタと複数の足音が近づいてくる。

「アルデラ！」

倒れていた私は、金髪碧眼《へきがん》の男性に抱き起された。

この人は……。たしか、アルデラの夫のクリス・レイヴンズ伯爵だ。まぁ、アルデラにとっては夫というよりはお兄さんのようだったけど。

そんな彼と同じ金髪碧眼を持つ男の子が、私の左手を握りしめた。

「アルデラさん！」

まるで天使のように愛らしいこの男の子は、クリスの一人息子で名前はノア。

ノアを見ると涙がこぼれる。時間を巻き戻す前の世界では、ノアは何者かに殺害され、その罪をアルデラが着せられてしまう。

今度は、絶対に守るからね。絶対、に……。

急にまぶたが重くなり、私の目の前が白くなっていく。

「アルデラ！」

「アルデラさん！」

遠くで名前を呼ばれたような気がしたけど、答えることができずに、私は意識を手放した。

どれくらい気を失っていたのかはわからない。私が再び目を覚ましたときには、ベッドの側《そば》にノアがいた。

ノアはお見舞いの花を持ってきてくれたようで、花瓶に生けようとしている。でも、花が多すぎて細い花瓶の口になかなか入らない。

「ノア……お花を、減らしたほうがいいよ」

そう言った私の声は、ひどくかすれていた。ノアはハッとなり、あわててベッドに駆け寄ってくる。

「アルデラさん、大丈夫⁉」

こちらを見つめるノアの青い瞳には、涙が浮かんでいた。

「うん、もう大丈夫」

「よかった……」

ノアは泣きじゃくりながら、「ぼく、アルデラさんが母様《かあさま》みたいに死んじゃうのかと思って……。すごく怖かったです」と、小さな身体をカタカタとふるわせている。

「ごめんね、ノア」

大好きな母を亡くして、まだ心の傷が癒えていないのに、たった一年後にアルデラが後妻として家にやってきた。アルデラの存在が、どれほどノアを傷つけたかわからない。それなのに、ノアはアルデラにも優しくしてくれた。

しばらくして泣きやんだノアは、「父様《とうさま》を呼んできます」と言い部屋から出ていった。ノアが部屋から出ると、扉の前で待っていたように年配女性が入ってくる。

「アルデラ様、お水をお持ちしました」

彼女は、この伯爵家でメイド長をしているケイシーだった。ケイシーは、嫁いできたアルデラに優しくときには厳しく、まるで本当の母のように接してくれていた。

「ありがとう、ケイシー」

私がお礼を言うと、ケイシーの瞳に涙が浮かぶ。

「どうして、アルデラ様ばかりこんな目に……」

ケイシーは、初めてアルデラがこの家に来たときも、こんなふうに泣きそうな顔をしていた。

アルデラが伯爵家に嫁ぐと決まったときケイシーは「後妻がノア様をいじめるような性格の悪い女だったら、邸宅のみんなで追い出してやろう」と決めていたそうだ。

「それなのに、ここに来たのは病弱で薄幸そうなか弱いお嬢様じゃないですか！　もう私も邸宅のみんなも驚いてしまって！　すぐに誠心誠意アルデラ様にお仕えして健康になっていただこうと思い直しましたよ」

ケイシーのあけすけな言葉を聞いて、新しい生活におびえていた以前のアルデラは『この人なら信頼できるかも』と少しだけ安心できた。

私はケイシーに「今は何年かしら？　私が嫁いできてから、どれくらいたった？」と聞いてみた。

答えてくれたケイシーの言葉をまとめると、アルデラが嫁いできてから二か月がたち「アルデラ様の顔色が、よくなってきたかなぁ」というところで、アルデラが急に倒れたそうだ。そして、そのまま一度も目覚めることなく三か月の間、アルデラはずっと眠っていたらしい。

たぶん黒魔術を使って無理やり時間を巻き戻したから、身体に負担がかかったのね。

もしかすると、長く眠ることにより、使い切った魔力を回復させていたのかもしれない。

私がベッドから上半身を起こそうとすると、ケイシーが背中を支えてくれた。

「でも、ケイシー。三か月も寝込んでいたわりには、身体がどこも痛くないわ」

「それはよかったです。旦那様の指示で魔力が含まれた点滴を一日二回していましたから。お食事をしなくても、お身体にそれほど負担はなかったのではないかと？」

ケイシーから水が入ったグラスを受け取り、のどをうるおすと気分がすっきりした。

そっか、前妻が病気だったから、この家では、私が倒れてもすぐに治療ができる態勢が整っていたのね。でも、そのせいで、だいぶお金を使ってしまったんじゃないかしら？

ケイシーは「アルデラ様には魔力の点滴がすごく合ったみたいですね。お肌もお顔も、とても健康そうですよ」と嬉《うれ》しそうに微笑《ほほえ》む。その言葉で私は、先ほど鏡に映った黒髪の美少女を思い出した。

もしかして、点滴のおかげでアルデラの不健康そうな外見が改善された？　ということは、アルデラは元から美少女だったたってこと⁉

コンコンッと扉がノックされた。ケイシーが扉を開くと、書類上はアルデラの夫であるクリスが部屋に入ってくる。彼はとても穏やかな男性で、年が離れたアルデラが後妻になると決まったとき「私のことは、兄と思ってくれればいいからね」と優しく微笑んでくれた。

なので、アルデラもクリスを兄のように思っていたし、自分が育ったオーデン公爵家とは違い、この家には本当の家族愛があるのだと喜んでいた。

そんな誠実なクリスが借金まみれなのは、病気になった前妻の治療に莫大《ばくだい》なお金がかかったたからだった。

資金援助を求めてオーデン公爵家を訪れたクリスは、お金と引き換えにアルデラを押しつけられてしまい今に至る。

クリスからしたらアルデラは厄介者なのに、家族として受け入れてくれた。そんなクリスは、息子のノアのこともとても大切にしている。だから、彼はノアの殺害やアルデラの冤罪には関わっていないと断言できた。

「アルデラ、気分はどう？」

「お陰様でとてもいいです」

クリスは青く綺麗な瞳で私を見つめたあとに「ウソではなさそうだね」とホッと胸をなでおろす。

「伯爵様……」

私が点滴のお礼を言おうとすると、クリスは「だから、兄と思ってほしいと言っているのに」と寂しそうな顔をした。

そうだった。以前のアルデラは恥ずかしくて、いつまでたってもお兄様って呼べなかったのよね。

「……クリスお兄様」

私がそうつぶやくと、クリスは驚きながらも嬉しそうに微笑んだ。

クリスのこの笑顔を、消えてしまったアルデラにも見せてあげたかったわ。そう思うと、胸が

しめつけられるように痛む。

「お兄様。倒れた私を治療してくださって、ありがとうございます。お金がかかってしまったのでは？」

クリスは少し困った顔をしながら「君は心配しなくていいんだよ」と言ってくれた。

「そんなことは気にしないで、体調が戻るまで、ゆっくりとお休み」

優しく私の頭をひとなでると、クリスは部屋から出ていった。

そうはいっても、この家は借金まみれなのよね。私の点滴代も絶対にクリスの負担になっているわ。アルデラの実家の公爵家には、腐るほどお金があるのに。

アルデラの実の両親は贅沢《ぜいたく》な暮らしをしていた。でも、アルデラには一切お金をかけてくれなかった。

まったく、虐待よ虐待！　育児放棄だわ！　これが前世の世界だったら犯罪よ！

でも、この中世ヨーロッパ風の世界では、たとえ貴族が罪を犯しても簡単に罰することができない。しかも、それが権力の強い公爵家ならなおさらだ。

まったくなんて世界なの。アルデラの両親なんて時代劇だったら確実に悪役よ！　だれかやっつけてくれないかしら？

でも、残念ながら、この世界には悪を倒すヒーローはいない。もしいたら、無実の罪でアルデラが処刑されるなんてことは起こらなかった。

あ、そうだ！　だったら、私があのクズ両親をこらしめたらいいのよ！　そうすれば、消えてしまった可哀想《かわいそう》なアルデラも少しは喜んでくれるかもしれない。

こらしめついでに、本来ならアルデラを育てるために使うはずだったお金も、きっちりと払ってもらいましょう！

もちろん、クズ両親は、大人しくお金を払うような人達ではないけど、今の私は黒魔術が使える。この世界での黒魔術は、代償さえ払えばなんでもできてしまう究極の極悪魔術だ。

このまま何もしなかったら、ノアが殺害され、また以前のアルデラのように冤罪で悪女に仕立て上げられてしまう。だったら、今の私は自分から悪女になってやる！　そして、今度こそ大切な人達を守るのよ！

私は悪女に相応《ふさわ》しいあくどい笑みを浮かべた。


それからの私は、静かに療養する生活が続いた。もうすっかり元気になっていたけど、クリスやケイシーがまだベッドから出てはいけないと言う。

ケイシーは朝昼晩と三食、消化によいご飯をベッドまでせっせと運んできてくれるし、私が「身体を綺麗にしたいのだけど」と言うと、わざわざ部屋に簡易浴槽まで運んでくれた。

しかも、私が「一人でお風呂に入れるから！」と何度断っても許してもらえず、結局、ケイシーと若いメイドに手伝ってもらいお風呂に入ることになってしまった。

湯船につかると気持ちよくて、私の口から思わずため息がもれた。お湯の中で長く伸びた黒髪がゆらゆらとゆれている。

この黒髪、ケイシー達は気持ち悪くないのかしら？

さりげなく聞いてみると、ケイシーは「不思議なお色ですが、お綺麗だと思いますよ」と言ってくれた。それはウソではないようで、ケイシーもメイドもためらうことなく、私の黒髪にふれて丁寧に洗ってくれる。

実家の公爵家では、あんなに嫌がられていたのに。黒髪と黒目が世界中で嫌われているというわけではないようね。少なくともレイヴンズ伯爵家の人達は、みんな気にしていない。

「だいぶ伸びましたね」

ケイシーが言う通り、寝込んでいた三か月の間に、腰まであった黒髪はお尻辺りまで伸びてしまっている。爪も長い。

私は伸びた髪と爪を見て、これ使えるわと思った。

黒魔術を使うには、代償が必要になってくる。一番高価だとされるものは、人間の魂だけど、人体部位も代償として優秀だった。なので、髪や爪は黒魔術の代償として使うことができる。

ちなみに、黒魔術の知識は、以前のアルデラが黒魔術に目覚めたときに、頭の中に流れ込んできた。アルデラと記憶を共有している私も黒魔術の使い方はわかっている。

私はお風呂から上がると、ケイシーにお願いして伸びた分の髪や爪を切ってもらった。その際に「切った髪と爪を別々にビンにつめてほしいの」と気持ち悪いお願いをしたけど、ケイシーは少し驚いただけで「はい」と答えて言う通りにしてくれた。

そのあとは、ゆったりとした紺色のワンピースに着替えた。ケイシーとメイドは「あら」「まぁ」と驚き急いで全身鏡を持ってきてくれる。鏡には驚くほど綺麗な黒髪の少女が映っていた。鏡に映る私の白い肌は、栄養が行き届いてふっくらしている。黒髪も一週間前より、さらにツヤツヤになり、スラッとした手足はとても健康的だ。

それを見たケイシーは「とてもお綺麗です」とほめてくれるし、メイドは「お美しいです」と頬を赤く染めている。

「アルデラ様。夜のお食事は、旦那様と坊ちゃんとご一緒しませんか？」

ケイシーの提案に、私は少しためらった。家族の団欒《だんらん》に私が割り込んでいいのかしら？

「……クリスお兄様とノアがそれでよければ」

「いいに決まっています！」

簡易浴槽を片付けると、ケイシーとメイドは部屋から出ていった。

一人になった私は、これまでに起こったことを覚えている限り紙に書いていく。

とにかく三年後にノアがだれかに殺されるのだけは絶対に阻止しないと！

当時、この事件の犯人はわからなかった。伯爵家内で起こった犯行だったために『後妻としてこの家に入ったアルデラが伯爵家を乗っ取ろうとした犯行なのではないか？』というウワサがたった。世間の人々の疑いは、いつの間にか確信へと変わり、あっという間にアルデラは、私欲のために義理の息子を殺した悪女に仕立て上げられていった。

私は万年筆を持つ手を止めた。

おかしいわ。クリスやこの家のみんなは、アルデラが悪い子じゃないって知っていたのに、どうして、だれもアルデラを助けてくれなかったの？

なぜ無実のアルデラが処刑されるという結末になってしまったのかわからない。わからないからこそ、今度は慎重に行動して犯人を捜さないと。

そんなことを考えていると、いつの間にか日が暮れていた。ケイシーが「お食事の準備ができました」と呼びに来てくれる。ケイシーについていくと、すでにクリスとノアは食卓テーブルの席についていた。

「遅くなってすみません」

私があわてて頭を下げると、椅子から立ち上がったノアがトコトコと近づいてくる。

「アルデラさん、もう大丈夫ですか？」

私は膝を折りノアの目線に合わせると「大丈夫よ」と微笑みかけた。ノアは愛らしい笑みを浮かべ、自分の隣の席に座るようにすすめてくれる。

「ありがとう」

私が席につくと、真正面に座っているクリスが「顔色がよくなったね」と優しく声をかけてくれた。

「皆さんのおかげです」

クリスもノアも嬉しそうに微笑む。

運ばれてきた食事は、パンと豆のスープだった。美味しかったけど、貴族の食事とは思えないほど質素だ。やっぱり、レイヴンズ伯爵家はお金に困っているのね。

食事が終わると、私はクリスに話しかけた。

「お兄様。明日、実家の公爵家に荷物を取りに行ってきます」

「荷物？」

不思議そうなクリスに「はい、どうしても必要なものを公爵家に置いてきてしまって」と適当な言いわけをしておく。

「わかった。馬車の手配をしておこう」

「はい」

ふと見ると、ノアが泣きそうな顔でこちらを見上げていた。

「ノア、どうしたの？」

ノアは、モジモジと身体をゆらしたあとに「アルデラさん、ここから出ていくの？」と悲しそうにつぶやく。

「出ていかないわ。だって、ここが私の家だもの。私の家族は、ここにいるノアとクリスお兄様だけよ」

パァと顔を輝かせたノアは「すぐに帰ってきてくださいね！　約束ですよ」と小指を立てた。

私はその小指に自分の指をからめる。

「ゆびきりげんまん、ウソついたら、針千本のーます」

約束をすると、安心したのかノアは嬉しそうにスキップしながら自分の部屋へ戻っていった。

その後ろ姿を見送ってからクリスが口を開く。

「アルデラ、一人で大丈夫かい？　公爵家には、私も一緒に行こう」

公爵家でのアルデラの扱いのひどさを知っているクリスは、私が実家に行ってまたひどいめにあわされないかと心配してくれている。本当に優しい人だ。

でも、実家へはお金をせしめに行くので、ついてきてもらったら困る。

「いえ、一人で大丈夫です」

私が丁重にお断りすると「必ず護衛を連れて行くんだよ」と過保護な兄の顔をする。

うーん、本当にクリスはすごいわね。

何がすごいかというと、このクリスという人は、アルデラが綺麗であろうがなかろうが、一切態度が変わっていない。

ノアも、アルデラが綺麗になる前からずっと優しいし、ここの家の人達は本当に天界の人々かってくらい心が清らかね。実家の公爵家のやつらと同じ人間とは思えないわ。

私は心の中で、目の前にいる金髪碧眼の美しい神クリスに『ありがとうございます』と両手を合わせた。

次の日、私が自室で朝食をすませると、メイド長のケイシーが部屋に入ってきた。

「アルデラ様。今日は、お出かけされるそうで」

「そうよ」

私の「すぐに帰ってくるから……」という言葉をさえぎり、ケイシーは「着飾りましょう！」と提案する。

「必要ないわ。実家に荷物を取りに行くだけだから」

そう伝えると、ケイシーは「だからこそ、着飾るのです！　女のおしゃれは身を守るための鎧《よろい》ですよ！」と怖い顔をした。

「でも、私、着飾れるようなものは何も持っていないわ」

アルデラが伯爵家に嫁いだとき、実家から嫁入り道具はもちろんのこと、持参金すら持たせてもらえなかった。

身一つでポイッと伯爵家に捨てられたようなもので、結婚式も挙げていない。

だから、私が今着ているワンピースは、クリスの亡くなった前妻のものを貸してもらっている。前妻が病気になるまでは、伯爵家は裕福だった。それなりに贅沢もしていたようで、着ていない服がたくさんあり、それをアルデラがもらい受けた。

そのときにクリスから「何も贈ってあげられなくて申し訳ない」と頭を下げられたけど、アルデラは優しくしてもらえるだけで幸せだったし、何かを贈ってもらおうなんて思っていなかった。

だから、アルデラになった私は、自分が着飾るためのドレスやアクセサリーを一つも持っていない。

それなのに「着飾りましょう」と言うケイシーに私が困っていると、ドレスを二着ほど抱えた若いメイドが部屋に入ってきた。

「ケイシー様の指示で、お亡くなりになられた前の奥様が一度も着ていないドレスをお持ちしました！　残りのドレスと、使われていないアクセサリーもお運びしますね！」

ケイシーは、「アルデラ様がお綺麗なことを、公爵家に見せつけてやりましょう！」と意気込み、若いメイドも「そうですよ！」と張り切っている。

室内に並べられたドレスは、濃紺や深緑などで、どれも落ち着いた色だった。

私は邸宅の奥に飾られている前妻の肖像画を思い出した。前妻は儚《はかな》げな雰囲気の美女でパステルカラーや明るい色が似合いそうな人だった。

だからきっと、こういう濃い色や落ち着いた色のドレスは着なかったのね。

じゃあ、買わなければいいと思うかもしれないけど、この世界ではお金を使って経済を回すことも貴族の役目と考えられているので、前妻は浪費家なのではなく、一般的な貴族らしい女性だといえる。

でも、今の伯爵家はお金に困っているんだから、こういうドレスも全部売ればいいのにと思ってしまう。

ワンピースをゆずってもらったときに、以前のアルデラが「私が着てもいいんですか？　売ればそれなりに……」と遠慮がちに尋ねると、クリスは「彼女の物をどうするかは、ノアが大きくなったら決めさせようと思っているんだ」と教えてくれた。

おそらく、クリスは愛した人の物を手放してしまうのが心苦しいのだと思う。世の中には、簡単に割り切れないこともあるわよね。

そのおかげで、こうしてワンピースやドレスをゆずってもらえたのだから感謝しかない。

結局ケイシーと若いメイドの情熱に押されて、私は真っ黒なドレスを選んだ。そのドレスには、袖や裾に金糸の刺繍《ししゅう》が入っているので豪華に見えて迫力がある。

こういうドレスのほうが、悪女っぽく見えるはず。

私が「これでお願い」と伝えると、ケイシーもメイドも張り切って着替えに取りかかった。ドレスのサイズが合わないところは、ケイシーが器用に縫い合わせてくれる。

ケイシーに「髪は結《ゆ》いますか？」と聞かれたので、私は「そのままで」と答えた。

クズ両親が嫌っているこの黒髪を思う存分、見せつけてあげたいからね。

最後にケイシーは、私の首に豪華な金色のネックレスをつけてくれた。ネックレスの中心についている宝石は綺麗な青色だ。

「綺麗ね。ありがとう」

ケイシーとメイドは嬉しそうに微笑み合っている。身支度が終わったので、私は荷物の準備を始めた。ケイシーにバスケットを貸してもらい、その中にビンづめの髪や爪を入れていく。

もしかしたら、刃物も使うかも？　ナイフがほしかったけど見当たらないので、代わりにハサミを入れておく。

「アルデラ様、私もご一緒します！」と張り切るケイシーを丁寧に断った。

「クリスお兄様はどこかしら？　ご挨拶をしてから行くわ」

そう伝えると、ケイシーは私をクリスの元まで案内してくれた。

「こちらにいらっしゃいますよ」

そこは、邸宅の奥にある前妻の肖像画を飾っている場所だった。

「失礼します」

私が声をかけてから中に入ると、肖像画の前にクリスがたたずんでいた。

以前のアルデラが見た通り、肖像画に描かれた前妻はとても綺麗な人だった。その肖像画の隣に、仲睦《なかむつ》まじい男女の絵も飾ってある。女性は前妻だったので、男性はクリスかと思ったけどなんだか違う。

前妻と一緒に描かれている男性は、クリスと同じ金髪碧眼だけど、雰囲気がまったく違っていた。

「兄さん……」

そうつぶやいたクリスの表情は暗い。

「クリスお兄様？」

私が声をかけると、クリスはようやく私に気がついたようだった。

「アルデラ？　どうしてここに？」

「ケイシーがここにいると教えてくれて……あの」

私の視線に気がついたのか、クリスはカーテンを引いて肖像画を隠してしまった。気まずそうなその顔には『何も聞いてほしくない』と書かれている。

だから私は何も見なかったことにした。きっと前妻とのことは、私がふれていいことではない。

少しだけ寂しい気がするけど仕方がない。

「クリスお兄様、今から公爵家に行ってきます」

「あ、ああ。いってらっしゃい」

私が会釈してその場を去ろうとすると、背後から呼び止められた。

「そのドレス、とてもよく似合っているね」

「ありがとうございます」

ほめてもらえたことが素直に嬉しくて私はニコリと微笑んでから、今度こそその場をあとにした。

用意されていた馬車は、伯爵家の紋章が入った立派なものだった。

この馬車のように、クリスは借金があっても最低限のものは残している。そうしなければ、この世界の貴族は外出もままならないので、クリスのやり方は間違っていない。

でも、この方法では三年後でも借金はなくなっていなかった。だから、私がなんとかしないと！

覚悟を決めて外に出ると、馬車の前にメガネをかけた執事風の青年が立っていた。

たしか、この人って……。

以前のアルデラは嫁いですぐに、この青年をクリスに紹介された。

クリスは「彼は、私の友人ブラッドだよ。この邸宅のことは、彼に取り仕切ってもらっているんだ」と言っていた。

メガネとこの緑髪、見間違えるはずがない。この世界では、こんなに目立つ緑髪はいいのに、黒髪は嫌われるんだから不思議だわ。

「ブラッドさん？」

私が声をかけると顔を上げたブラッドは、マジマジと私の顔を見た。そして、おそるおそる口を開く。

「もしかして……アルデラ様、ではないですよね？　……いや、でもその髪色は」

ブラッドは、思慮深そうなグレーの瞳を大きく見開いている。

まぁ、短期間でこれだけ外見が変わったら、こういう反応が普通よね。

むしろ、アルデラがこれだけ綺麗になったのに、特に驚いた様子もなく、態度が少しも変わらないクリスとノアのほうが変わっている。

「そう、私がアルデラよ」と答えると、ブラッドは口を開けたまま上から下まで私を眺めた。そして、ハッと我に返る。

「あ、失礼しました！　私が今日、アルデラ様の護衛をさせていただきます！」

そういうブラッドは、護衛らしく腰に剣を帯びていた。

彼は執事ではないのかしら？　ああ、でもクリスはブラッドのことを友人とは言ったけど、執事とは言っていなかったわね。

時間が巻き戻る前、ノアが殺されてしまった世界では、ブラッドはいつの間にか伯爵家から姿を消していた。

もしかして、ブラッドが犯人？　いや、決めつけるのは早いわ。でも用心だけはしておかないと。

私が疑いの目を向けていると、ブラッドはあわてて馬車に乗れるようにエスコートしてくれた。

馬車に乗り込んだ私に続いたブラッドは、向かい側の席に座る。よく見ると、ブラッドの身体が、薄く黒いモヤに包まれていた。

これは……。

黒魔術が使える者は、怨念や悪い感情などが黒いモヤとして見えるので、それのようだ。

ブラッドは、恨まれているというより疲れていた。

改めてブラッドの顔を見ると、寝不足なのかメガネの奥にはうっすらとクマができている。今も眠気と闘っているようで、目を閉じては開くというのを繰り返していた。

「寝不足なの？」

私が声をかけるとブラッドは「申し訳ありません！」と言いながら背筋を伸ばす。

「事務処理が溜《た》まっておりまして」

「ブラッドさんが、伯爵家の事務処理をしているの？」

「はい、クリスの仕事量の足元にも及びませんが、少しでも手助けになればと」

ブラッドは恐縮しながら、指でメガネを押し上げた。ウソをついているようには見えない。

「事務処理をしながら護衛もするの？」と私が尋ねると、ブラッドは言葉につまった。

「人手が……その、足りず」

あ、借金のせいね。

私が顔をしかめると、ブラッドは「でも、剣の腕には自信があります！」とあわてて言いわけをする。

「大丈夫よ。疑ってないわ」

そもそも、守ってもらわなくても、黒魔術があれば自分の身くらい自分で守れる。それより、ブラッドを包む黒いモヤがこちらに流れてきて少し息苦しい。

レイヴンズ伯爵家と、オーデン公爵家の領地は隣合っているが、それでも馬車移動で数時間かかる。その間、ずっとこのモヤに苦しめられるのは嫌だった。

まだ敵か味方かわからないブラッドに、私の黒魔術を見せたくないけど仕方がないわね。

馬車に持ち込んでいたバスケットの中から私はハサミを取りだした。それを見たブラッドが何事かと驚いている。

「ブラッドさん、あなたの髪を少しいただけないかしら？」

「……は？」

ブラッドは不審者を見るような目を私に向けた。

黒魔術には必ず代償が必要なのよ！　疲れを取るくらいだったら、少しの髪で十分だから、早くよこしなさい！

私は、戸惑うブラッドの胸ポケットにある万年筆を指す。

「あと、その万年筆もいただけないかしら？」

「あ……えっと、はい」

ブラッドは、顔に『この女、ヤバいぞ』という表情を貼りつけながらも、言う通りにしてくれた。

私は、ハサミで切り取ったブラッドの髪を左手に持ち、万年筆を右手に持った。

私の使う黒魔術に詠唱は必要ない。代償を提示して願うだけ。今回の代償は、このブラッドの髪よ。

私が願うと手のひらに載せていた髪が急に黒い炎に包まれた。熱くはない。驚き立ち上がったブラッドに「心配しないで」と静かに告げる。

黒魔術で人を癒やすことはできないから、身代わりをたてましょう。

今回の身代わりは、右手に持っている万年筆だ。ブラッドを包んでいた黒いモヤが、ゆっくりと万年筆へ流れていく。万年筆にすべてのモヤが吸い込まれると、私は万年筆を空きビンに入れフタを閉めた。

これでよし。ブラッドを見ると、目の下のクマが消え顔色がよくなっている。

「アルデラ様。い、今、何をしたのですか？」

「公爵家に代々伝わる元気になるおまじないをやってみたの。どうかしら？」

もちろんウソだったけど、信用できない相手に『黒魔術を使った』とは言えない。

「え、あれ？　す、すごい！　本当にすごく元気になりました！」

それまで不審者を見るようだったブラッドの瞳が、尊敬する者を見るようにキラキラと輝きだす。

「アルデラ様。ビンにつめた万年筆は、どうするのですか？」

「この万年筆には、あなたの疲れを一時的に肩代わりさせたわ。次にこの万年筆を使う人に、あなたの疲れが降りかかる。ようするに、使った人を疲れさせる呪いの万年筆の出来上がりってことね」

「よくわかりませんが、アルデラ様がすごいことだけはわかりました！」

　そこまでほめられると悪い気はしない。

　私が「ブラッドさん」と呼びかけると、「どうか、私のことはブラッドとお呼びください」と頭を下げられた。

「えっとじゃあ、ブラッド」

「はい！」

　ブラッドが礼儀正しく嬉しそうに返事をする。

「今の伯爵家がどれくらいの借金を抱えているか、私に教えてほしいの」

「あ、それは……」

　言い淀むブラッドに私は顔を近づけた。

「実はその借金、すべて返せるかもしれないの」

「ほ、本当ですか⁉」

　そう言うと、ブラッドはまるで女神でも拝むかのように両手を組み合わせて、私に熱い視線を送った。

第二章　公爵家で起こった出来事
episode02

公爵家に向かう馬車の中で、私は伯爵家の借金をなくす方法をブラッドに説明した。

「私の実家のオーデン公爵家には腐るほどお金があるの」

ブラッドは「そ、そうでしょうね」と戸惑いながら相槌《あいづち》を打つ。

「そうなの。だから、簡単な話なんだけどお金はオーデン公爵家からもらいましょう」

正確にはお金はもらうのではなく、奪い取るのだけど、そこらへんは省略する。

「もらいましょう、って……」

「だってほら、クリスお兄様ってば、私を押しつけられたのに、公爵家から持参金すらもらっていないじゃない？　私だって身一つで放り出されたし。それに私の養育にかかるはずだった費用もしっかりと払ってもらわないとね」

「は、はぁ」

納得していないブラッドに私は一番重要なことを伝えた。

「そういうわけで、あなたは馬車で待っていてね」

「え？　どういうわけですか⁉」

驚くブラッドに「だって……ついてこられると困るの」と私は言葉を濁す。

これから、ビンに貯め込んだ自分の髪と爪をぶちまけて、高笑いしながらクズ両親を脅迫する姿なんてだれにも見せられないわ。さすがに怖いって。

困ってうつむいていると何を勘違いしたのかブラッドは「アルデラ様がそこまでのご覚悟とは」とため息をついた。

「あなた様は、クリスのために、自分を虐げた両親に頭を下げるつもりなのですね？」

「え？」

ブラッドは「わかっていますよ」と言いながらメガネを指で押し上げた。

「このブラッド、必ずアルデラ様をお守りします！」

そう言いながら忠義に満ちた瞳を向けてくる。

何か誤解があるようだけど……もういっか。少し面倒になり、私はブラッドの説得を早々にあきらめた。問題が起こったら、黒魔術でブラッドの記憶を消そうと決める。

そうこうしているうちに、馬車はゆっくりとオーデン公爵家の領内へと入っていった。

ここら辺すべての山や森が公爵家のものだ。そして、小高い丘の上に見えている城に、公爵家の人々が住んでいる。

実家に戻ってきたせいで、アルデラの幼いころの記憶が次々に蘇《よみがえ》ってきたけど、楽しいことが一つもない。過去のアルデラを想《おも》うと泣きたくなってくる。

ううっ、アルデラ！　何か！　何か一つくらい楽しい思い出はなかったの⁉

こめかみを人差し指で押さえながら一生懸命記憶を探ると、一人のお姉さんの姿が思い浮かんだ。公爵家の城で働いている人なのか、そのお姉さんは、ときどきアルデラの前に現れると、いろんなことを教えてくれた。

「歯を磨いたり、身体や服を洗ったりしてキレイにしないと病気になるよ」とか「お腹《なか》が空いたときは、この木の実を食べたらいいよ」とか。

そういえば、アルデラに字を教えてくれたり、絵本を貸してくれたりしたのも、このお姉さんだったような？

そのお姉さんは、あまりおしゃべりが得意ではないようで、ポツリポツリと言葉に詰まりながら話す姿が印象的だった。

一度だけそのお姉さんが棒状のキャンディをくれたことがある。

たった一本しかないキャンディをお姉さんはアルデラに「あげる」と言うので、アルデラは受け取り落ちていた石で半分に割った。そして、水で洗ってからお姉さんに半分返した。

「お姉さんも、いっしょに食べよ」

ア、アルデラぁあああ！

健気な幼いアルデラの記憶に、私の涙腺は崩壊した。急に泣き出した私を見てブラッドが驚いている。

許すまじ、公爵家のやつら！

ちょうど馬車が止まったので、私は勢いよく馬車から下りた。今日、私がここに来ることは、クリスから連絡がいっているはずなのに迎えの姿はどこにもない。

まぁ、私が相手にされないことは想定済みよ。

勝手に城内に入っていくと、その後ろをブラッドが「お待ちください！」と言いながらついてくる。

えっと、たしかこっちだったかしら？

記憶を頼りに父の執務室に向かおうとすると白髪の執事が現れた。この家の使用人を取り仕切っていて、蔑むような冷たい目をこちらに向けている。

「どちら様ですか？　勝手に入られては困ります」

「公爵に用があるの。ここに私が来ることは、レイヴンズ伯爵から事前に連絡がいっているはずよ」

「その黒髪……まさか……アルデラ、様？」

「そうよ」

歩き出した私の行く手を執事が阻んだ。

「でしたら、なおさらこの先はお通しできません」

丁寧な言葉を使っているけど、とても高圧的な態度だ。

この執事が公爵家のことを任されているんだから、アルデラをいじめた実行犯のようなものよね。今も伯爵夫人になった私にこの態度だし。よし、コイツにも仕返ししよう。

「……そう、残念ね」

私は持っていたバスケットの中から万年筆を入れたビンを取りだした。

「書類に急ぎ公爵のサインが必要だったの。公爵に会えないのなら、あなたが代わりに書いてくれる？」

ニッコリと微笑みながら、私はビンのフタを開けて万年筆を執事に差し出す。執事は迷惑そうに眉間にシワを寄せた。

「公爵家のだれかが書いてくれないと困るのよ」

もちろん、それはすべてウソだ。私に早く帰ってほしいのか、執事は渋々万年筆を手に取った。万年筆のキャップを開けたとたんに、禍々《まがまが》しい黒いモヤが執事を取り囲む。

「う、ぐっ」

執事は急に真っ青になり苦しそうにうめいた。

ブラッドが「これは、もしかして……」とつぶやいたので、私は「そう、さっきの呪いの万年筆よ」と返す。

「ねぇ、ブラッド、あなた何歳かしら？」

「今年で二十三になります」

「さっきはだいぶ疲れていたようだけど、どのくらい無理をしていたの？」

「三か月ほど、ほとんど寝ていない状態でした」

黒いモヤに包まれた執事はフラフラとよろめき、床に両膝をついた。私はそんな執事を見下ろす。

「ですってよ。健康な二十代男性が三か月ほど寝ていないほどの疲労を、その年で味わう気分はどう？」

　執事は苦しそうに「何を、した？」とにらみつけてくる。私はそっと執事に顔を寄せた。

「公爵家には代々伝わる秘術があることを、あなたも知っているでしょう？」

「まさか」と執事は青ざめる。

「そのまさかよ。私は黒魔術を使えるようになったの。さて、あなたの魂を奪うには、どれくらいの代償が必要かしら？　穢《けが》れた魂は、求められる代償も軽いから簡単に奪えるのよねぇ」

　逆に聖人のように清らかな魂を奪うには、とんでもなく重い代償を要求される。私が悪女らしくニヤリと口端を上げると、執事は「ひぃ」と小さな悲鳴を漏らした。

「まったく、よくも今まで散々アルデラを無視してくれたわね？」

「だ、旦那様の命令で仕方なく！」

　ふるえる執事に「その割には、伯爵夫人になった今の私にもひどい態度だったけど？」と微笑みかけると、執事は床に頭をつけた。

「も、申し訳ありません！　命だけはお助けください！」

「だったら、公爵家のやつらが一年間に使うお金を十六年分、私に支払いなさい。ああ、あと私が嫁ぐときに、伯爵家に支払われるべきだった持参金もね」

「そ、そんな……」

　青ざめる執事に「大丈夫よ」と優しく伝える。

「公爵には、私が直接お会いして丁寧にお願いするから。きっと快く了承してくれるわ」

私の言葉を聞いた執事は、さらに青ざめふるえ出す。

執事を置いて先に進もうとしたら背後から「アルデラ様」と声をかけられた。振り返るとブラッドがいる。

あ、そういえばいたんだった。仕返しに夢中になりすぎて、うっかりブラッドの存在を忘れていたわ。

黒魔術とか言っちゃったし、執事を脅迫するところを見られてしまった。ここで見たことをクリスやノアに告げ口されると困る。

よし、ブラッドの記憶を消そう。

私がバスケットの中に手を入れると、ブラッドは勢いよく床に片膝をついた。

「素晴らしいです、アルデラ様！　このブラッド、感動いたしました！」

予想外にブラッドは、まるで忠犬のようにまっすぐな瞳を私に向けた。

「私が怖くないの？」

「私が恐れるものは他にあります」

ブラッドが恐れるもの？

それが何か尋ねる前に、女性の金切り声が辺りに響いた。

「これはいったい、なんの騒ぎなの!?」

見ると階段の上で、真っ赤なドレスを着た年配女性が、背後にメイドを三人も引き連れて、こちらを見下ろしていた。

床に倒れている執事が「お、奥様」とつぶやく。

あっ、この人がアルデラの母親なのね。以前のアルデラは、実の母に徹底的に避けられていたから顔を覚えていなかった。

夫人は背後のメイドに「衛兵を呼びなさい」と、きつい口調で指示を出している。

「衛兵を呼ばれると面倒ね。ブラッド」

ブラッドは「はっ！」と小さく一礼してから、衛兵を呼ぼうと駆けだしたメイドの腕をつかんだ。

「ひっ！」

おびえるメイドに「暴れなければ何もしない」とブラッドは淡々と告げる。

私が「お久しぶりです」と言いながら、黒髪をかきあげると、夫人は目を大きく見開いた。

「その汚らわしい黒髪、その薄汚い黒い目は……まさか……」

実の娘にすごいこと言うわね。ここにいるのが以前のアルデラではなく私でよかったわ。

夫人はおぞましいものを見るような目をこちらに向けた。その周りには、どす黒いモヤが漂っている。

ふーん？　これはこれは。

それは、ブラッドのように疲労からくるモヤではなく、他者からの強烈な恨みや憎しみからできていた。こんなのに囲まれて、どうして平気なのかしら？　夫人は公爵家に嫁入りしただけだから、黒魔術は使えないはずなのに。

どす黒いモヤは夫人にふれることができず、その周りをフワフワと漂っている。夫人が身につける豪華なネックレスが黒いモヤを遠ざけているように見えた。

なるほど、あのネックレスのおかげのようね。黒魔術が代々伝わる家系だから、黒魔術を防いだり、怨念を弾《はじ》いたりするアイテムがあってもおかしくないか。

黒いモヤを観察していると、不思議なことに執事を取り囲む黒いモヤが少しずつ夫人へと流れていく。

ん？　これってもしかして、実行犯より主犯のほうが、罪が重いってことかしら？

この世界では、どうやら主《あるじ》に逆らえないという主従関係においては、罪は主が背負うものらしい。

なるほどね。じゃあ、彼女にも、アルデラを虐げた罪を償ってもらいますか！

私はバスケットからビンを取りだすとフタを開け、爪を床にぶちまけた。

「な、何を⁉」

たじろぐ夫人にニッコリと微笑みかける。

「彼女を取り巻く憎悪を実体化して」

そう願うと床に散らばった爪が黒い炎に包まれた。夫人の背後に控えていたメイド達の間で悲鳴が上がる。

ズッズズッと何かを引きずるような嫌な音がしたかと思うと、爪が燃えた箇所から黒いモヤに包まれたメイド数人が現れた。彼女達は頭をカクカクと動かしながら、身体を引きずるように夫人に近づいていく。その様子は、まるでホラー映画のようだ。

夫人の後ろにいたメイドの一人が「ベッタ⁉」と叫んだ。メイドは「あ、あなた、田舎に帰ったはずじゃ⁉」と、とても驚いている。

私が「その人、死んでるわよ。しかも、夫人にものすごく恨みがあるみたい」と言うと、メイド達は青ざめて夫人を見た。

黒魔術によって実体化した悪霊メイド達は『イ、イタい』や『クルしい』とつぶやきながらフラフラと夫人に近づいていく。

公爵夫人はメイドを何人か殺していたのね。とんでもない犯罪者だわ。

夫人はキッとアルデラをにらみつけてきた。

「こんな子ども騙《だま》しで、私がおびえるとでも？」

そう言うと、彼女が身につけるネックレスがキラリと光る。

「なるほどね」

私はもう一つのビンを開けて、貯めていた黒髪を少し取りだした。そして、夫人を守るネックレスに「それ、守る価値があるの？」と問いかける。

手の中の黒髪が黒い炎に包まれたとたん、夫人に仕えているメイドの一人が夫人に飛びかかった。

「ベッタを、こ、殺したのね⁉　私の親友、ベッタを！」

メイドは泣きながら夫人の髪をひっぱりネックレスを引きちぎる。

「や、やめなさい！　い、いたっ⁉」

夫人が残りのメイド達に「何をしているの⁉　早くこの無礼なメイドを取り押さえなさい！」と叫んだけど、メイド達は冷たい視線を返すだけだった。

メイドに突き倒された夫人の上に、悪霊メイド達が覆いかぶさっていく。

「あ、あぁあぁあっ⁉」

夫人の絶叫が辺りに響いた。

「あらあら、あなたの魂が想像以上に汚くて恨まれているから、この程度で簡単に奪えちゃうみたい」

床に倒れて悪霊メイド達に押しつぶされている夫人は必死に右手を伸ばした。

「た、助けて！」

私は夫人を無視して、悪霊メイド達に話しかけた。

「どうしたい？」

『タスケテ、ない』

悪霊メイド達は、ゆっくりと首を振る。

『たくさん、タスケテ、いった』

『タスケテ、くれなかった』

夫人に命乞いをしながら死んでいった彼女達を思うと、ふいに涙がにじんだ。必死に涙をこらえて、私は床に這《は》いつくばる夫人を見下ろす。

「だ、そうよ？」

「あ、ああっ、こ、殺すべきだった！　バケモノのお前を、産んだ瞬間、すぐに！」

「そこまで言うなら、どうして殺さなかったの？」

ふと、アルデラが処刑される瞬間に黒魔術が発動したことを思い出す。

「もしかして、殺せなかった？」

「そうよ！　このバケモノ！」

アルデラの中に眠っていた黒魔術は、ずっと静かにアルデラを守っていたようだ。

「なるほどね。でも私より、あなたのほうがずっとバケモノに見えるわ。このどす黒いモヤがその証拠」

全身がどす黒いモヤに包まれ、夫人は絶望の表情を浮かべた。そして、悪霊メイド達とともに黒いモヤの中へと沈んでいく。

沈んでいく悪霊メイド達に私が「恨みを晴らしたら、そんな犯罪者のことは忘れて、あなた達は天国に行くのよ」と伝えると、悪霊メイド達は子どものようにコクリとうなずいた。

完全に夫人の姿が沈み切ると、辺りに静寂が訪れる。

ガヤガヤと入り口のほうが騒がしくなり、衛兵達が駆けつけた。

「これはいったいなんの騒ぎです⁉」

床に倒れていた執事を衛兵が抱き起す。執事が何かを言う前に、夫人に仕えていたメイド達が口を開いた。その中には、ブラッドに手をつかまれていたメイドも含まれている。

「お静かに！」

「大切なお客様がお越しです！」

「ご無礼のないように！」

そう言うと三人のメイドは、私にうやうやしく頭を下げた。

衛兵達も、「それは失礼いたしました」と返し、あわてて頭を下げる。執事だけが何かを言いたそうな顔をしていた。

メイド達が「どうぞ、お客様。こちらへ」と二階へ案内してくれる。

「あの、当家のご令嬢アルデラ様、ですよね？」

「いいえ、私はレイヴンズ伯爵夫人のアルデラよ」

私はニッコリと微笑んだ。

メイドは「アルデラ様。ベッタの敵《かたき》をとってくださり、ありがとうございました。このご恩は必ずお返しいたします」と涙を流す。

「気にしないで。私は公爵に会いにきただけだから」

メイド達はすぐに「こちらです」と礼儀正しく案内してくれる。

進む方角から黒いモヤが流れてきている。進めば進むほど、そのモヤはより黒く濃くなっていく。このモヤをたどっていけば、公爵のところに着くようだ。

私は立ち止まるとメイド達を制止した。

「案内はここまででいいから、あなた達は戻って」

　メイド達は戸惑うように顔を見合わせたけど、すぐに「はい、わかりました」と丁寧に頭を下げる。

　礼儀正しいし、余計なことを詮索しない。あの犯罪者には、もったいないメイドね。

　逆にこれくらいよくできていないと、夫人に仕えることができなかったのかもしれない。立ち去ろうとするメイド達に私は声をかけた。

「今、レイヴンズ伯爵家では人が足りないの。給料はここと同じだけ出すわ。気が向いたら来てね。あなた達なら大歓迎よ」

　ニコリと微笑みかけると、メイド達は「わぁ」と歓声を上げた。

「行きます！　お世話になります！」

　そう答えたメイド達が、本当に今すぐにでも荷物をまとめて伯爵家に押しかけてきそうな勢いだったので、私は「えっと……今すぐはちょっと。明日以降に来てね」と言葉を付け足しておいた。メイド達が立ち去ると、私はブラッドに向き直る。

「さてと、あなたもここまでよ」

　この先は黒魔術の耐性がないと命に関わってくる。今も廊下を漂う黒いモヤが私に取りつこうと足元にまとわりついていた。私ならまとわりつかれても、気分が悪くなるくらいの影響しかないけどブラッドは違う。

　これから会う公爵も黒魔術が使えるからね。一般人は巻き込めないわ。

そう思っていたのに、ブラッドの周りには黒いモヤがまったくない。

「あれ？」

「アルデラ様、もしかして、黒いモヤが私の周りにはないのですか？」

私が驚きながらうなずくと、ブラッドは自身のポケットから豪華なネックレスを取りだした。

「それって、もしかして公爵夫人がつけていた？」

ブラッドは「はい」と答える。

「先ほど、アルデラ様の力により、一時的に私にも夫人を取り巻く黒いモヤや、殺されたメイド達の怨念が見えました。その後の一連の流れを見ていたら、このネックレスが黒いモヤを防ぐ効果があるのではないかと推測し拾っておきました」

「その通りだけど……」

想像以上に優秀なブラッドに驚いてしまう。

クリスがブラッドに伯爵家のことを任せているのは、彼が友人だからという理由だけではないのね。

「これで私もこの先へ、お供させていただけるでしょうか？」

そう言うブラッドの顔は真剣そのものだ。

ブラッドが本当に私の味方になってくれたら心強いけど……。今の段階で彼を簡単に信じてしまうわけにはいかない。三年後にはノアは殺害され、アルデラは無実の罪で処刑されてしまう。ブラッドは悪い人ではなさそうだけど、ノア殺害の犯人がブラッドではないという確信は持てない。

　でも、ノアを救うためには、味方は多いほうがいいし……うーん。

　悩む私にブラッドは「どうしたら、お供させていただけますか？」と聞いてきた。

「そうね、じゃああなたが私を裏切らないって、ここで証明してくれる？」

「はい」

　ためらうことなく返答したブラッドに、私はわざと意地の悪い笑みを向けた。

「左手を出して」

　バスケットの中からビンを取りだし、貯めていた黒髪を少しつまむと、私は心の中で『ブラッドの腕に一時的に、不気味な模様を浮かばせて』と願った。

　つまんでいた黒髪が黒い炎に包まれる。そのとたんに、ブラッドの左腕に禍々しい黒い模様が浮かんだ。

「この模様は、腕から少しずつあなたの心臓に向かって広がっていくわ」

「心臓に？」

　ブラッドは神妙な顔で言葉を繰り返した。

「そう。その模様が心臓までたどり着いたら、私に服従することになるの。そうなると、私に逆らえば死んでしまうわ。それでもついてくる？　今ならまだ消せるけど？」

　まぁ、全部ウソだけどね。願ったのは模様を出すことだけだ。

「さぁ、どうする？」

ブラッドは少しもためらわずに「望むところです」と答えた。

えっいいの⁉

「何があなたをそこまでさせるの？」

私の問いにブラッドはうつむいた。

「信じていただけないかもしれませんが……。私は三か月前から同じ悪夢を繰り返し見ています」

三か月前といえば、私が目覚める前に以前のアルデラが倒れていた時期だ。

「その夢の中では、ノア坊ちゃんが何者かに殺されてしまうのです」

ブラッドの言葉に私はゾクリと鳥肌が立った。なぜなら、それは三年後に起こる事件と同じだったから。

「その現場を目撃した私は、犯人に斬りかかるのですが、逆に斬り殺されてしまいます。夢の中の私は、いつも後悔にまみれて死んでいくのです」

ブラッドが言うには、薄れゆく意識の中で「ちょうどよかった。お前には死んでもらおうと思っていた」という男の声と「邪魔なあの女も早く殺しましょうよ」という甲高い女の声が聞こえるそうだ。

もしブラッドの見ている夢が夢ではなく本当に起こったことなら、ブラッドを斬り殺したのはノア殺しの犯人達ということになる。

「死の直前に私はいつも神に祈りました。どうか、もう一度、私にノア坊ちゃんを守る機会を……なんでもします、だから……と。そこでいつも目が覚めます」

ブラッドは、王宮騎士団の入団試験に受かるほどの実力者だったけど、視力が悪いことを理由に入団を断られてしまったらしい。実家が貧乏男爵家なため、家に帰るわけにもいかず困っているところを、友人のクリスに誘われ伯爵家で働くようになったそうだ。

「私はクリスには返し切れない恩があります。でも、私では伯爵家の借金問題を解決できませんでした。アルデラ様はそれをあっさりやってのけた」

そう話すブラッドは、強い後悔の念を持つことにより、以前のアルデラが時間を巻き戻す前の記憶を夢で繰り返し見ているのかもしれない。もしそうなら、ブラッドはノアが殺されたときに、一緒に殺されていたということになる。

それが真実なら、三年後、ブラッドがいつの間にか伯爵家からいなくなっていたことの説明がつく。

ブラッドが急にいなくなったせいで、私は『もしかすると、ブラッドがノア殺害の犯人なのでは？』と思っていたけど、ブラッドの人柄を見るかぎり、その可能性はとても低い。

ブラッドは「私のこの悪夢がただの夢ならそれでいいんです。でも三か月も同じ夢を見るなんて異常です。もし、この夢がこれから起こることなら、私ではノア坊ちゃんを守れない。だから……」とうつむく。

「私にノアを守ってもらいたいの？」

苦しそうな表情でブラッドはうなずいた。

「こんな話、信じてもらえないと思いますが……」

「ブラッド、あなたの話を信じるわ」

「え？」

「だって、私はノアが殺された未来から戻ってきたんだもの」

こちらを見つめるグレーの瞳が大きく見開かれる。

「どうやら、私達の目的は同じみたいね。私もノアを救いたい」

「アルデラ様……」

ブラッドの瞳に涙が浮かんだ。

「泣くのはノアを救ってからよ」

ふと見れば黒魔術でブラッドの腕に浮かび上がらせた模様は、ブラッドの腕全体に広がっていた。

「これで、私がアルデラ様を裏切らないという証明になりますか？」

深刻なブラッドに、私はニッコリと微笑みかける。

「あれね、ウソよ」

「は？」

「模様が心臓までいって服従させるとか全部ウソ。その左腕の模様は、そのうち消えるわ」

驚いているブラッドを無視して私は歩き出した。その後ろをブラッドがあわてて追いかけてくる。

「頼りにしているわよ、ブラッド」

「はい！」

「さぁ、悪者退治と行きましょうか」

黒いモヤをたどっていくと、ある部屋の前にたどり着いた。

「ここね」

扉の隙間から黒いモヤがどんどんと漏れ出ている。私はノックもせずにいきなり扉を開け放った。とたんに、ブワッと黒いモヤが噴き出す。

「うっぷ⁉」

さすがに気分が悪くなっていると、ブラッドが前に出た。ポケットに入っているネックレスのおかげで黒いモヤがブラッドを避《よ》けている。

ブラッドの後ろから見た部屋の中は、部屋中に黒いモヤが漂い、天井や床には複数の黒い手のようなものが蠢《うごめ》いていた。

不思議と怖いという感情はない。正体がわからないものは怖いけど、私は黒いモヤの正体も対処法も知っているので、恐怖の対象にはならない。

それにしても、こんな状態をそのままにしておくなんて。公爵は何を考えているのかしら？

まさかこの黒いモヤが見えていないなんてことはないわよね？

この黒いモヤは、人間の負の感情でできている。その中でも、どす黒いモヤは他人からの憎悪だ。だから、人に恨まれれば恨まれるほど、身にまとわりついてくる。

この黒いモヤを祓《はら》う一番手っ取り早い方法は、人に感謝されること。

ようするに、戦場で千人の兵士を殺しても、その結果、自国の数十万人の民を守ったのなら、その人物の周りには黒いモヤは現れない。

私は改めて公爵の執務室を見た。黒いモヤが暗雲のように広がっている。

いったい何をしたらこんなにも人から恨まれるの？　お金があるんだから、寄付の一つでもすれば、この黒いモヤも薄れるのに。

黒いモヤのその奥には、執務机に肘をついている中年の男性がいた。とても身なりがよく、夫人と同じように男性の周りを黒いモヤが避けている。

これが公爵……アルデラの父親ね。

公爵は立ち上がると、こちらに蔑むような視線を送った。鋭い目がとても冷酷そうだ。

「衛兵は何をしている？　まったく無能なやつらだ」

吐き捨てるようにそんなことを言う。

私は微笑みを浮かべながら執務室に入り公爵に近づいた。側にブラッドがいるおかげで、黒いモヤが左右に避けていく。

「お久しぶりです。お父様」

嫌がらせのためにわざとそう言った。とたんに公爵の目が吊り上がる。

「汚らわしい！　今すぐ出ていけ！　お前のせいで王家ににらまれ、私の立場がどれほど危うくなったか！」

公爵は怒りに任せて机の上にあった本を私に投げつけた。本は私に当たる前に素早くブラッドが受け止める。

想像通りのクズっぷりね。ここまでひどいと、なんの罪悪感もなく復讐ができてしまう。

私はバスケットの中からビンを取りだし、貯めておいた黒髪をすべて床にバラまいた。

「これから、公爵が一番恐れていることを起こして」

わざと声に出して私はそう願った。そのとたんに、床に散らばった黒髪が黒い炎に包まれる。

「なっ、に⁉」

公爵は「貴様……まさか、黒魔術が使えるのか⁉」と青ざめた。

「まぁ、私にも公爵家の血が流れているからね」

私が淡々と答えると、公爵は「ウソだ！」と叫ぶ。

「はぁ？　私の存在を認めたくないのはわかるけど」

公爵は私の言葉をさえぎり、勢いよく執務机の引き出しを開けた。

「黒魔術は、必ず十五歳に発現するのだ！　それ以前でも、それ以降でも黒魔術に身体が耐えられない！」

そう叫びながら、引き出しから魔法陣のような円が描かれた紙を取りだした。

「貴様は黒魔術の素質は持っていたが、黒魔術は使えなかった！」

私は、「なるほど、アルデラが十六歳になって黒魔術が使えないとわかったから伯爵家に押しつけたってこと？」と首をひねった。

おかしい。黒魔術で、公爵の一番恐れていることが起こるように願ったのに何も起こらないわ。代償の黒髪は黒い炎に包まれた。黒い炎は、黒魔術が成功した証《あかし》だ。

公爵は高笑いをすると「どうやら、こけおどしだったようだな！　本当の黒魔術を貴様に見せてやろう」と魔法陣が描かれた紙を投げ捨て部屋にバラまいた。

「何？」

バラまかれた紙からは、少しだけ魔力を感じる。公爵は何かブツブツと呪文のようなものを唱えたあとに「その女を殺せ！」と叫んだ。

バラまかれた魔法陣がわずかに白く光ったけど、何も起こらず光が消えていく。私は床に落ちていた紙を一枚拾った。

「何これ？　黒魔術じゃないわ」

たしかに呪いか何かを発動させる魔法陣のようだけど、本物の黒魔術の足元にも及ばない影響力だ。その証拠に、私がかけた『公爵が一番、恐れていることを起こして』という術に敗れて発動しなかった。

「なんだと⁉」

驚愕《きょうがく》している公爵を見て、私は『ああ、今のこの状況こそが、公爵が一番恐れていたことなのね』と納得した。

公爵は、私に黒魔術で負けることを恐れている。だったらもっと見せてあげなくっちゃね。

私がバスケットからハサミを取りだし、自分の黒髪を切ろうとすると、ブラッドがその手を止めた。

「髪がいるのですか？」

「ええ、そうよ」

「だれの髪でもかまいませんか？」

「そうね、だれのでもかまわないわ」

　それを聞いたブラッドは一つにくくっていた緑の髪を、自分の剣で根元からザックリと斬り落とした。

「え？」

　驚く私に、ブラッドは輝く笑みを浮かべながら、切り落とした緑色の髪束を手渡した。

「アルデラ様。どうぞ、これをお使いください」

「あ、ありがと」

　ぎこちなくお礼を伝えると「お役に立てて光栄です」と、短髪になってしまった頭を下げた。

　ま、まぁ、こんなにたくさんは、いらなかったんだけどね。

　その言葉を私はそっと飲み込み、束から少しだけ髪を引き抜いた。そして、公爵に意地悪く微笑みかける。

「あなたのは、どうやら黒魔術ごっこのようね。私が本物の黒魔術を見せてあげる」

　ブラッドの髪を代償として、私は黒いモヤの実体化を願った。

　緑髪が黒い炎に包まれたとたんに、公爵が「うわぁあ⁉　なんだこの黒いものは⁉」と叫んだ。

「ウソでしょ？　これすら見えていなかったの？」

黒いモヤから人の形をした物体がうめきながら、どんどんと湧き出てくるけど、公爵には近づけない。おびえる公爵の胸元で、琥珀色《こはくいろ》のブローチが輝いていた。

あのブローチのせいで、黒いモヤが公爵に近づけないのね。

私が「ブラッド、公爵の胸元についているブローチを奪える？」と尋ねると、ブラッドは「はい」と返事をして、素早く公爵との距離を縮めた。

ブラッドは息をつく間もなく、公爵のブローチを引っつかみ、ブローチのついている公爵の服を剣で切り裂いた。

そのあまりに大胆な行動に、ブローチを奪われた公爵はもちろんのこと、命令したはずの私もポカンと口を開けてしまう。

ブラッドは琥珀色のブローチを片手に、私の側に戻ってきた。

「どうぞ、アルデラ様」

ブラッドにブローチを渡されて、私は我に返った。

「あ、ありがとう」

受け取ったブローチは、手のひらほどの大きさで銀細工だった。太陽の形をしていて中心には、透き通った琥珀色の石がはめられている。石の中には、公爵家の蛇の紋章が刻まれていた。

「……この石からすごい力を感じるわ」

よくわからないけど、強力な魔道具のような気がする。

ブラッドにブローチを奪われ、ぼうぜんとしていた公爵もようやく我に返ったようで、「それを返せ！」と叫んだ。

「それは私のように選ばれた者が持つものだ！」

「選ばれた者、ね。この家の紋章が入っているし、もしかして、このブローチが公爵家当主の証？」

「だったらなんだ⁉」

この公爵家は、過去に王家の危機を救ったとされる英雄の魔術師を先祖に持っている。

たしか、恐ろしい黒魔術師がこの国を滅ぼそうとしたときに、ご先祖様が退治して、逆に黒魔術を自分のものにしたのよね。

それ以降、公爵家の一族の中には、黒魔術が使える者が出てくるようになり、一族の中で、黒魔術が最も強い者が代々公爵家の当主に選ばれた。

そして、最も黒魔術が強いはずの現当主は、今、自分を守ってくれるブローチを奪われ、実体化した黒い物体に襲われ叫んでいる。

「う、うわぁあ⁉」

「現当主の黒魔術の力がこの程度だったら、本当ならアルデラが当主になっていたんじゃないの？」

そうつぶやいて、私は気がついた。

「ああ、そっか。これこそが、公爵がずっと恐れてきたことだったのね」

自分よりはるかに強い黒魔術の素質を持った娘が生まれ、殺そうとしても黒魔術に守られ殺せない。十五歳になっても黒魔術が発現せず安堵《あんど》していたところに、術を使いこなせるようになった娘が戻ってきてしまった。

「なるほど、そうなると今から私が公爵家の真の当主ってことね」

「違う！　当主は私だ！　くそっ、使い魔はどこだ⁉　私を助けろ！」

「使い魔？」

私が不思議に思っていると、どこからともなく全身黒ずくめの人物が現れた。

「来たか、使い魔！」

使い魔と呼ばれた人物が短剣を一振りすると、公爵を襲っていた黒い人形の物体が霧散する。

「へぇ、やるじゃない」

憎悪が実体化した物体を祓える武器は、神殿で祝福を受けたものだけだ。

「いいぞ使い魔、アイツらを早く殺せ！」

公爵に命令され、こちらを振り返った使い魔は、黒い仮面で顔を覆っていて性別すらわからない。素早く斬りかかってきた使い魔の一撃をブラッドが剣で弾いた。

「アルデラ様、お下がりください！」

「今のは危なかったわ！　ブラッドありがとう！」

いくら黒魔術が最強でも、魔術を発動させる前に攻撃されたらやられてしまう。

「使い魔って、もしかして、公爵家の当主に仕える忍者的な人？　それとも、お金で雇われている暗殺者？　どちらにしろ強そうね」

　素早い敵は厄介だった。私はブラッドの背後に隠れながら、緑の髪束から急いで髪を引き抜いた。そのとたんに、使い魔が高く宙を舞いブラッドを飛び越える。

　使い魔の短剣が私の目の前に迫った。

　あ、死んだ……。

　私が死を覚悟した瞬間、ピタリと短剣が止まった。黒い仮面の下からくぐもった声が聞こえる。

「……どうして？　ここに、戻ってきたの？」

　そのポツリポツリと話す、独特な話し方には聞き覚えがあった。

「え？　もしかして、お姉さん？」

　両親に見捨てられたアルデラにいろいろと教えてくれた優しいお姉さん。一本のキャンディを半分こして一緒に食べたことを覚えている。

　公爵が「早く殺せ！」と叫び、お姉さんはビクッと身体を動かした。背後からブラッドに斬りかかられたけどお姉さんは身体をひねって器用に避ける。

「使い魔、何をしている!?　当主の命令は絶対だろうが!?」

　公爵の言葉を聞いて私は微笑んだ。

「ああ、そういうこと？」

　この使い魔と呼ばれる存在は、公爵家の当主に忠誠を誓っているらしい。

「だったら、簡単ね」

私は手に持っていたブローチをお姉さんに見えるように掲げた。

「お姉さん、この家の本当の当主は私よ。私はこの家を出てから黒魔術が使えるようになったの。そこにいる男は、私の足元にも及ばない」

「そう、なの？」

「そうなの！」

お姉さんが構えていた短剣を下ろすと「本当だ。命令に背いても、痛くない」とつぶやいた。

その言葉は聞き捨てならない。

「お姉さん、痛いことされてたの⁉」

お姉さんは袖をめくり右腕をこちらに見せた。そこには、ブローチと同じ琥珀色の石が肌に直接、埋め込まれている。

「当主の命令は、絶対。背くと、この石の周りがとても痛くなる」

私が公爵をにらみつけると、公爵は狼狽《うろた》えた。

「馬鹿め！　そいつは人間ではないわ！　代々当主に仕えるために作られたバケモノだ！」

私は「だったら何？」と言いながら、手に持っていた緑の髪束を握りしめた。

「本当のバケモノはアンタよ。お姉さんが今まで味わった苦しみを、あの男にも」

緑の髪が黒い炎に包まれると、お姉さんの腕から琥珀色の石がポロリと落ちた。そして、公爵の額へと飛んでいき、その肌へとめり込んでいく。

「ひっ！　う、うわぁあああ⁉」

絶叫が辺りに響いた。額を押さえながら床にうずくまった公爵を私は見下ろす。

「これでアンタが、私の使い魔になったってことね？」

勢いよく顔を上げた公爵の顔からは血の気が引いていた。

「助かりたい？　だったら、今すぐ伯爵家に支払うはずだった持参金を払いなさい。あと、これから毎年、今まで私に使うはずだったお金を伯爵家に振り込んで。使用人はいじめない。もちろん暴力も暴言もダメよ」

「ふ、ふざけるなっ！」

怒りで唇をふるわせている公爵に、私は微笑みかけた。

「主に逆らう気？」

そのとたんに、額の石が輝き公爵は激痛に叫び、のたうち回った。

「い、痛い！　や、やめろ！」

「やめろ？」

「やめてくれ！　や、やめてください！」

公爵がそう叫ぶと、石の光は消えていく。公爵は涙を流しながら、荒い呼吸を繰り返した。

「この頭の悪い使い魔は、私の命令をちゃんと理解したかしら？」

公爵がこちらをにらみつけてきたので、私はそっと公爵に顔を近づけた。

「そんなに生意気な態度だと、公爵夫人のように消しちゃうぞ」

私がパチンとウィンクをすると、真っ白になった公爵はうなだれ小刻みにふるえだす。。

「さぁ、主に敬意を払いなさい」

公爵は歯ぎしりをしながら、両手を強く握りしめた。

「……我が主、アルデラさ、ま」

「そうね。じゃあ、私の命令を守って伯爵家にお金を払いきるまでは生かしてあげる。せいぜい残りの人生をおびえながら過ごすことね」

「そ、そんな……」

私は部屋中の黒いモヤを見渡した。

「だってあなた、これまでにいったい何人殺したの？」

返事はなかった。威厳がなくなり、すっかり小さくなってしまった公爵を私は見下ろす。

ねぇ本当のアルデラ、これで少しはスッキリした？　あなたの無念を晴らせたかしら？

もう用も済んだので私が執務室から出ると、バッタリと身なりのいい青年に出会った。青年は何か恐ろしいものを見てしまったかのように顔面蒼白だ。

私が「あなたはだれ？」と聞くと、青年ではなくお姉さんが「公爵家の、令息」と教えてくれる。

「ああ、あなたがアルデラの兄？」

ビクリと兄は身体をふるわせた。おそらく、執務室の中で起こったことを見てしまったのね。

「これから公爵家の当主は私だけど、あの男が死んだら、表向きはあなたが公爵家を継ぎなさい。雑務は任せるわ」

兄は、コクコクと必死にうなずいている。

「逆らったら……」

「逆らいません！　アルデラ様！」

勢いよく頭を下げた兄は、父よりも物わかりがよさそうだ。

「だったら、人に手をあげたり、暴言を吐いたりするのはやめなさい。犯罪はもってのほかよ。これからは、領民に尽くし、富める者の義務を果たしなさい」

「はい、アルデラ様！」

兄の返事を聞いて、私は満足した。

「さぁ、用事も終わったことだし、私達は帰りましょうか」

ブラッドが「はい」と答え私のあとに続いた。そのあとを、お姉さんも無言でついてきてくれたので、私は嬉しくなった。

城内から出ると晴れ渡る青空が広がっていた。私は空に向かって思いっきり両腕を伸ばす。

「終わったー！」

ブラッドが「お見事でした、アルデラ様！」と拍手してくれた。

「うん、ブラッドも助けてくれてありがとう！　あなたがいてくれてよかったわ。これで伯爵家の借金問題はなんとかなりそうね」

「はい！　ところでアルデラ様、こちらのお姉さんとやらは、いかがしますか？」

私はお姉さんを振り返った。お姉さんは相変わらず黒い仮面をつけている。私がそっと仮面に

手を伸ばしても、お姉さんは少しも抵抗しない。

　仮面を外すと、人形のように綺麗な顔が現れた。白い肌と、まるでガラス玉のような水色の瞳が、よりいっそう人形っぽさを出している。黒いフードから少し見える髪は、銀色というよりは白だった。

「お姉さん……だよね？」

　どうして疑問形なのかというと、お姉さんはいつもフードを深く被りうつむきがちだったので、幼いアルデラは、お姉さんの顔をまともに見たことがなかった。ただ、ときどきチラリと見える顔がとても整っていたので『お姫様みたい』と思ったことを覚えている。

　お姉さんは返事をする代わりに、ポケットから紙に包まれた小さなキャンディをくれた。

　そして、「大丈夫？　今は、幸せ？」と聞いてくれる。

　そのとたんに、私の瞳に涙があふれた。

　実の両親である公爵や公爵夫人に何を言われても少しも気にならなかったのに、たどたどしいお姉さんの言葉の威力は絶大だ。

「うん、幸せよ。嫁ぎ先の伯爵家の人は、みんないい人ばっかりだったの」

　本当のアルデラは、もういないけど……アルデラが伯爵家で過ごした三年間はとても幸せだった。

　お姉さんは「よかった」とつぶやき、少しだけ口端を上げた。

「お姉さん、私と一緒に来てくれる？」

幼いアルデラを助けてくれたお姉さんには、これからたくさん恩返しをしたい。お姉さんはコクリとうなずいてくれた。

「公爵家当主を、守るのが役目。これからは、ずっと、一緒」

「嬉しいわ」

お姉さんに抱きついた私に、ブラッドは遠慮がちに声をかけた。

「あの、アルデラ様。その『お姉さん』とやらの骨格を見る限り、男性のように思われます」

「え？」

驚いてお姉さんを見上げると、お姉さんは「性別は、ない」と衝撃発言をする。

「そういえば、公爵がお姉さんのこと、人間じゃないって言ってたっけ？」

そして、公爵は『代々当主に仕えるために作られたバケモノ』とも言っていた。作られたってことは、人造人間とかホムンクルスとか、そういうものなのかもしれない。

念のためお姉さんに「お姉さんって何を食べるの？　あと、名前はあるの？」と質問してみる。

「木の実、とか食べる。名前は……」

お姉さんは、何かを思い出すように目を閉じた。

「マスターは、たしか、セナ、と呼んでいたような？」

「セナね。マスターって、もしかして初代公爵ってこと？」

セナはコクリとうなずいた。

「マスターは、アルデラと同じ、だった」

「私が？　初代公爵と同じ？」

セナはそっと私の黒髪にふれる。

「この髪色と、この瞳、なつかしい」

「初代公爵は黒髪黒目だったのね」

「そう、マスターの指示は……」

――いつか俺のように黒い髪と黒い瞳を持った子孫が現れる。その子が現れるまで、この公爵家を守り、そして、いつかその子が産まれたらその子を守ってくれ。

「だから、アルデラを、見守っていた。産まれたときから、ずっと」

「そうだったのね。マスターはどうしてあなたにそんな指示を出したの？」

セナは知らないようで、ゆるゆると首を振った。理由はどうであれ、セナが公爵家でずっとアルデラを助けてくれていたことには変わりない。私はもうひとつ気になっていたことをセナに聞いてみた。

「そういえば、公爵が黒魔術は必ず十五歳で発現するって言ってたわよね？」

でも実際には未来でアルデラの黒魔術が発現したのは、十九歳になった年の処刑される瞬間だった。

セナは私をまっすぐ見つめている。

「アルデラは、身体が、十五歳じゃなかったから」

「あっなるほどね。公爵家でひどい生活をさせられていたから、栄養が行き届いてなかったのね」

　私達の会話を聞いていたブラッドは「とりあえず、このセナはアルデラ様の新しい護衛ということでいいですか?」と確認した。

「そうなるわね」

「わかりました」

　私に頭を下げたあとブラッドは、セナのほうを向いた。

「同じ護衛としてともに励もう」

　ブラッドが差し出した右手を、セナは不思議そうに見つめている。

　私はそっとセナに耳打ちした。

「ブラッドもね、私を守ってくれているの」

「そう、よかった」

　少し微笑んだセナは、ブラッドの手を取り握手を交わした。

　その後、三人で伯爵家の馬車に乗り込むと私は急な眠気に襲われた。

　そうよね、私、つい最近までベッドで寝たきりだったものね……。

　いくら高価な魔力の点滴を受けていたとしても、体力の限界がきたみたい。まぶたが重くなり、バチンと電気が落ちるように私は意識を失った。

＊

気がつくと、私は和室に置いてあるテレビの前にいた。

これは夢、よね？

テレビ画面には、着物を着て刀を構える侍達が映っている。

「あ、これ……」

それは大好きな時代劇だった。ちょうど今は、悪代官が正義の味方に懲《こ》らしめられているところだ。

「そうそう、私、こういうお話が大好きなのよね」

勧善懲悪《かんぜんちょうあく》とでもいうのだろうか。強い力や権力は、善人を守るためにある。そして、悪いやつは成敗される運命だ。

「そっか、私の行動や考え方は、時代劇が元になっているのね。道理で悪者退治にためらいがないわけだわ」

今までの自分の言動に納得していると、トンッと肩を叩《たた》かれた。

＊

気がつけば、目の前でブラッドが心配そうな顔をしている。

「着きましたよ、アルデラ様」

「そう……」

答えたものの、まだどこか夢見心地だった。すぐ側でセナの声がする。

「大丈夫？」

隣にピッタリくっついて座っているセナは、どうやら寝ている私に肩を貸してくれていたらしい。

「大丈夫よ、ありがとう」

先に馬車から下りたブラッドがこちらに手を差し出している。その手を取り、私は馬車から下りた。

レイヴンズ伯爵家に戻ると、私はなぜかホッとした。

「そっか、ここが私の家なのね」

ここに住む優しい人達を守るためなら、私はなんでもできる。そう思った。

第三章　不思議な来客
episode03

　朝早くから実家の公爵家に向かったのに、私がレイヴンズ伯爵家に帰ってきたころには日が傾き夕方になっていた。エントランスホールの隅っこでノアがうつむきながら、退屈そうにゆらゆらと身体をゆらしている。

「ノア？」

　私が声をかけるとノアはパッと顔を上げた。そして、嬉しそうに顔をほころばせる。

「アルデラさん、おかえりなさい！」

　駆け寄りギュッと抱きつかれた。私の胸下辺りにノアの綺麗な金髪がある。

「もしかして、私の帰りを待っていてくれたの？」

　顔を上げたノアは「はい」とうなずくと「一緒に夕食を食べましょう」と誘ってくれる。

「まだ食べていなかったの？」

　ノアは「アルデラさんと一緒に食べたくて待っていました」と言い頬を赤くする。

　可愛いし嬉しい。ノアの誘いに応えたいけど、持参金のことや新しい護衛のセナのことを、先にクリスに報告したほうがいいかもしれない。

私が少しためらうと、ブラッドが「クリスへの報告は私がしておきます」と言ってくれた。そして、「お前も来るんだ」とセナを連れていってしまう。

ポカンと口を開けていたノアの綺麗な瞳を私はのぞき込んだ。

「一緒に食べましょう」

「はい！」

出された食事は相変わらず質素なパンと豆スープだったけど、とても美味しかった。

公爵家からお金が振り込まれたら、ノアにたくさん美味しいものを食べさせないとね。服もたくさん買ってあげて……。

そんなことを考えていると、ノアはこちらを見てニコニコしていた。

「どうしたの？」

フフッと笑ったノアは「アルデラさんが楽しそうだから、ぼく、嬉しくって」と、可愛いことを言う。

はぁ……天使！

心の中でノアの可愛さに感動していると、クリスが現れた。

「父様」

ノアが嬉しそうにクリスに飛びつく。クリスはノアを抱きかかえると「ね？　アルデラは、必ず帰ってくるって言っただろう？」と微笑みかけた。

「はい！　父様の言う通りでした！」

ぎゅっとクリスの首にノアがしがみつく。金髪碧眼の麗しい親子を眺めながら、私は『神様と天使様を描いた絵画みたいだわ』と思った。

クリスは私にも優しく微笑みかけてくれる。

「アルデラ、あとから私の執務室に来てくれるかな？」

「はい」

ノアが「ぼくも行っていいですか？」と聞いたけど、クリスは「お仕事の話だからダメだよ」と困ったように微笑んだ。

ノアと別れた私はクリスの執務室に向かった。以前のアルデラは、執務室には入ったことがない。

執務室の前ではブラッドが待っていた。私に気がつくと頭を下げ「どうぞ」と扉を開く。

「失礼します」

クリスの執務室は壁一面が本棚で埋め尽くされていた。執務机の上も綺麗に片付けられている。

クリスは立ち上がると、私にソファーに座るよう勧めてくれた。自身も向かいのソファーに座る。

「アルデラ、大まかな話はブラッドから聞いたよ。公爵家に持参金と、これまでの養育費を請求したんだってね？」

「はい」

クリスは端正な眉を悲しそうに下げた。

あれ？　ダメだったのかしら？

私が内心あせっていると、クリスは「君が、公爵家でつらい思いをしなかったか心配だ」と深いため息をつく。

ブラッドは、私が黒魔術を使ったことを、クリスに言っていないようね。

チラッとクリスの後ろに立っているブラッドを見ると、ブラッドは肯定するように小さくうなずいた。

クリスは「持参金は有難くいただくよ。でも、養育費は君のお金だ」と言う。

「いいえ、お金はすべて伯爵家で使ってください」

「ダメだよ」

「でも！」

「でも、じゃないよ」

宝石のように綺麗な青い瞳に見つめられると、何も言えなくなってしまう。助けを求めるようにブラッドを見ると、ブラッドもクリスと同じ意見のようでウンウンとうなずいていた。

「では、せめて私の治療にかかった費用は全額払わせてください。あと、私のお世話をしてくれているケイシーやメイド、そして、私が連れて来た護衛のお給料も自分で払いたいです」

「そんなこと気にしなくていいのに。私達は家族なのだから」

その言葉に胸が温かくなる。私はクリスをまっすぐ見つめ返した。

「大切な家族だからこそ、私もお役に立ちたいって思うんです」

クリスは小さくため息をつくと「わかったよ」と言ってくれた。

「そういえば、君が連れてきた護衛だけど」

「セナのことですか？」

私が名前を呼んだとたんに、私の側にストンと人影が落ちてきた。

「きゃあ!?」

落ちてきたのは黒ずくめの服から、執事服に着替えたセナだった。白く長い髪は、後ろで一つに縛っている。

「あ、セナ？」

セナはコクンとうなずいたあとに「驚かせて、ごめん」と謝った。

「ううん、こちらこそ叫んでごめんね」

「こんなの、着せられた」

セナは自分の服を引っ張っている。

「よく似合っているわ」

「そう、かな？」

「そうよ」

微笑みかけるとセナはようやく納得したように口端を少し上げた。

「アルデラもその服、よく、似合っている。綺麗」

「急に何言って……」

セナからの予想外のほめ言葉に、じわじわと私の顔が熱くなっていく。

「お、お世辞はいいわ」

恥ずかしくてセナから視線をそらすと、ブラッドが「アルデラ様はお綺麗ですよ！」と追い打ちをかけてくる。

以前のアルデラも私も、ほめられ慣れていないから、こういうときどうすればいいのかわからないわ。

赤くなった頬を両手で隠すと、私はソファーから立ち上がった。

「失礼します！」

クリスに頭を下げてから、そそくさと退出すると、そのあとをセナが追いかけてきた。

「あっそうだわ。セナにノアを紹介するわ。ノアは私の大切な家族で、必ず守りたいの。だから、もしノアが危ない目にあったら助けてね」

「わかった」

「ノアの部屋は……」

ノアの部屋に行く前にノアにバッタリ出会った。ノアは「あ！」とつぶやくと「ごめんなさい！」と頭を下げる。

「気になって……」

どうやら、クリスと私が何を話すのか気になって、こっそりとついてきたらしい。もじもじとしているノアに、私は膝を折り目線を合わせた。

「ちょうどよかったわ。ノアに私のお友達を紹介するわね。セナよ」

セナを見上げたノアはポカンと口を開けた。

怖がるかしら？

セナの外見は色素の薄いお人形のようなので、見る人によっては怖いかもしれない。固まったままのノアの手をセナがつかんだ。ビクッとしたけどノアは逃げない。

セナは無言で、ノアの小さな手のひらに、紙に包まれたキャンディをのせた。

「もらっていいの？」

セナがコクンとうなずくと、ノアの表情がパァと明るくなる。「ありがとう」と嬉しそうに笑うノアを見て、セナもどことなく嬉しそうだ。

仲よくなれそうでよかったわ。そういえば、私もさっきセナからキャンディをもらったわね。どこにやったかしら？

そう思った瞬間、ずっと手に持っていたバスケットを馬車の中に置いてきてしまったことに気がついた。あの中には、空のビンやらブラッドの緑の髪束やら、とても怪しいものが入っている。

「ちょっと忘れ物をしたから取りにいってくるわ。二人で遊んでいてね」

二人からは「はい！」と「わかった」という素直な返事がくる。私は小走りで馬車置き場に向かったけどその途中だれにも会わなかった。

使用人の数が足りていないのね。公爵家でスカウトしたメイド達が本当にここに来てくれたらいいけど……。

そんなことを考えていると、馬車置き場についた。御者はいなかったので、勝手に失礼して馬車の中に入りバスケットを取った。

「あってよかったわ」

戻る途中で、見たこともない馬車が敷地内に入ってくるのが見えた。真っ白な馬車には豪華に金の縁取りがされている。その馬車を護衛する白馬に乗った騎士の姿も見えた。

「クリスのお客様かしら？」

馬車が止まると、騎士にエスコートされてとても美しい女性が下りてきた。

オレンジ色のフワフワな髪の毛が風になびいている。彼女がまとうドレスはまるで女神が着ているようなデザインだった。少し垂れた優しげな瞳は、ハチミツのような色をしていて、彼女の周りの空気がキラキラと輝いていた。

よほどの聖人なのねと感心してしまう。

人に恨まれればその人の周りに黒いモヤができるように、人から感謝されればされるほど、その人の周りがキラキラと輝いて見える。

少し離れた場所で、私が来客の美女を見つめていると視線が合った。にっこりと微笑みかけられたはずなのに、なぜかゾクッと悪寒が走る。

「あれ？」

気をつけてよく見ると、美女の周りでは黒いモヤが発生したとたんに、キラキラした空気にかき消されていた。

ということは、この美女は恨まれているけど、それを無かったことにできるくらいに感謝もされているってこと？

危険人物かもしれない。私はそっとその場から離れて、ノアとセナの元へ走り出した。

急いで廊下の角を曲がると、クリスと出会いがしらにぶつかってしまう。

「おっと！　大丈夫？」

「クリスお兄様⁉　すみません、急いでいて！」

クリスの後ろを歩いていたブラッドが「あの女、今ごろになって何しに来たんだ？」と文句を言っているのが聞こえた。

「ブラッド、あの女って、今、馬車で来たお客さんのこと？」

「アルデラ様、あの女を見たんですか？」

「うん、あのすごく綺麗な人よね？」

ブラッドはメガネの奥の瞳を不快そうに細めた。

「あの女、こちらに連絡もなしに、急に押しかけてきたんです。無礼すぎる」

クリスが「彼女はサラサといって、王宮お抱えの白魔術師なんだ」と教えてくれる。

「白魔術師……」

白魔術は、主に回復や治療を得意としている。呪いや報復が得意な黒魔術とは正反対だった。

クリスは、「君が倒れたとき、すぐに治療を依頼したけど、返事はもらえなかった。つい先日、回復したからもう治療はいらないと連絡したんだけど……。今日は何をしにきたんだろう？」と首をひねっている。

ブラッドは「迷惑な女です」と眉間にシワを寄せた。

「ところでアルデラは、何を急いでいたの？」

「ノアとセナを探していて……」

そのとたんに、「困ります！」という声が聞こえた。私が振り返ると、例の白魔術師サラサが優雅に歩いている。サラサの後ろに一人の騎士が続き、さらにその後ろをメイド長のケイシーが追いかけていた。

「サラサ様、どうか客室でお待ちください！」

サラサは制止に少しも耳を貸さず微笑みを湛《たた》えながら、まっすぐこちらに向かってきた。

クリスとブラッドがサラサに軽く頭を下げたので、私も真似て少し頭を下げた。

王宮お抱えの白魔術師は、伯爵よりも地位が高いらしい。

ニコリと微笑んだサラサが「久しいですね、クリス」と右手を差し出した。クリスはその手を取ると、手の甲に唇をつけずキスをする仕草をした。

「サラサ様、ようこそお越しくださいました。このたびはどういったご用件で？」

「クリス、黒髪の少女が倒れたと聞きました」

そう言いながらもハチミツ色の瞳が、私をしっかりととらえている。

「その件は解決しましたが？」

「そうでしたか？　情報が入れ違ったようですね」

サラサの視線が外れたかと思うと、後ろに控えているサラサ付きの騎士と視線が合った。

なんなの？　私、ものすごく見られているんだけど？

謎の視線に戸惑っていると、サラサが「ノアは息災ですか？」と聞いた。

クリスは「はい、お陰様で」と笑みを返す。

そうだ、私はノアとセナを探しているんだった！

目的を思い出した私がクリスとサラサに軽く頭を下げ、その場から立ち去ろうとすると、急に腕をつかまれた。

「え？」

驚き顔を上げるとサラサに右腕をつかまれている。サラサはゆっくりと顔を近づけてきた。

「あなた、珍しい黒髪ね。それにとっても綺麗だわ」

ねっとりとしたサラサの瞳に見つめられると寒気がする。

「わたくし、珍しくて綺麗なものが大好きなの」

サラサがニッコリと微笑むと体中から黒いモヤがあふれ出した。黒いモヤはすぐにキラキラした空気にかき消されていく。

何、この女……すごく、ヤバイ気がする。

改めてサラサ付きの騎士を見ると、光り輝くような銀髪を持つ美青年だった。

も、もしかして、お気に入りの人間をコレクションしているとか言わないわよね⁉

私が青くなっていると、クリスが「サラサ様、客室にご案内させていただきます」と言いながら、さりげなくサラサを引き離してくれた。

サラサに「黒髪のあなたも一緒に来て」とお願いされたけど、ブラッドが「申し訳ありません。この方は、急ぎの用がありますので」と断ってくれた。

「そうなの？」

とても残念そうなサラサに「またね」と手を振られる。

ありがとうクリス、ブラッド！

私は一目散にその場を離れた。

あの女、ノアのことを知っていたわ。ノアは天使のように美しく可愛らしい。もしかして、ノアを狙っているとかじゃないわよね？

そうなると、サラサが三年後にノアを殺害する犯人という可能性もある。しばらく走ると中庭で遊んでいるノアとセナを見つけた。

外にいたら、あの女に見つかるかもしれない。

いち早くこちらに気がついたセナが、ノアの手を引いて近づいてきた。

すっかり仲よくなっちゃって。二人の微笑ましい姿につい口元が緩んでしまうけど、今はそれどころではない。

「私のお部屋で、お茶にしましょう！」

急な提案に二人は少し驚いていたけど、すぐに「はい！」「わかった」と同意してくれた。

三人で私の部屋に入ると、私はようやくホッと一息ついた。

まったく次から次へと。悪いやつってこんなにたくさんいるものなの？

ノア殺しの犯人がわからない今、一人ずつ怪しい人物を潰していくしかない。

その後の私はセナとノアとのんびりお茶を楽しんだ。心配していたようなことは何も起こらず、サラサはしばらくすると帰ったらしい。とにかく、あの女は要注意人物だわ。

警戒を続けていたものの、その後の伯爵家は平和そのものだった。実家の公爵家から大金が振り込まれたおかげで、食事にも困らなくなったし、公爵家からメイドが五人も来てくれた。

私が「あれ？　あなた達三人は勧誘したけど、あとの二人は？」と尋ねると、メイド達は顔を見合わせた。

「私達は、五人とも公爵夫人の専属メイドだったのです」

「お仕えする方が、いなくなりましたので……」

なるほど、公爵夫人がいなくなったのは私のせいね。

「わかったわ。五人とも私が雇います。ただし、この家は人が足りないの。私のお世話係はもういるから、あなた達には下級メイドのような掃除や洗濯をしてもらうことになるかもしれないわ。それでもいいかしら？」

公爵家に勤めるメイドなら、良家のお嬢様の可能性もあった。夫人付きなら、メイドというより、身分の高い人のお世話係のような役割だったかもしれない。

メイドの一人が「大丈夫です。私達、みんな身寄りがなかったり、家が貧しかったりする者ばかりなんです」と答えた。

「公爵夫人は慈悲の心で、私達に働く機会をくださったと思っていました。でも、今思えば好きなだけきつく当たれるし、いなくなっても問題にならない身分の低い娘を集めていたんですね」

メイドの瞳に涙がにじむ。私は「今まで大変だったわね」とメイドの肩に優しく手をそえた。

「安心して、伯爵家は驚くほどホワイトよ」

「ホワイト？」

「すごく働きやすくていい職場ってこと」

私がニッコリと微笑みかけると、メイド達は嬉しそうに顔を見合わせた。新しく入ったメイド達は、みんないい子で伯爵家にすぐ馴染《なじ》んでいった。

「うん、これで伯爵家の人手不足も少しはマシになったわね」

すべては順調のように思える。でも、ノアを殺した犯人がまだわからない。

今のところ怪しいのは、白魔術師のサラサ。サラサについて少しでも情報を集めようとしたけど、伯爵家の書庫はほとんど空だった。

「借金返済のために、書庫の本を売ったのね。クリスお兄様の執務室にはまだ本が残っていたはず。お願いして見せてもらうか、図書館にでも行こうかしら？」

以前のアルデラは、何度かノアと王立図書館に行ったことがある。王立図書館は広く市民に開かれていてだれでも利用することができた。図書館の前に広がる芝生は憩いの場で、ピクニックをしている家族や恋人の姿も多く見られる。

「あそこは、お金を使わずに一日中遊べるのよね。図書館に行くにしろ、クリスお兄様に本を借りるにしろ、どちらにしろお兄様に許可をもらわないと」

あまり仕事の邪魔をしたくないので、私がクリスの執務室の近くをウロウロしているとブラッドに見つかってしまった。

「クリスに用ですか？」

有能なブラッドには用件を言わなくても目的がバレていた。

「どうしてわかるの？　ブラッドに用があるかもしれないじゃない？」

不思議に思って聞くと、ブラッドに「最近のアルデラ様が遠慮するのは、クリスとノア坊ちゃんにだけなので」と言われてしまう。

たしかにクリスとノアだけには嫌われたくないと思っている。黒魔術のことも、怖がらせたくないので二人にだけは知られたくない。

私のそんな気持ちは、ブラッドにはバレバレみたい。ブラッドは執務室の扉を開けると「どうぞ」と私を中に招いた。

「失礼します」

私が頭を下げると、「いらっしゃい」とクリスの優しい声がする。ブラッドは忙しいのか部屋から出ていってしまった。

クリスと二人きりって、少し気まずいのよね。

以前のアルデラもノアとは仲よくしていたけど、クリスにはどう接していいのかわからなかったようだ。ずっと『伯爵様』と呼んでいたし、話しかけることすら恥ずかしがっていた。

その気持ちは私もわからなくもない。クリスって顔がものすごく整っているし、大人って感じだし、雰囲気が神々しいのよね。なんかこう、拝みたくなるというか……。

実際のところクリスの周りでは、白魔術師のサラサほどでないにしろ、空気がキラキラと輝いている。

クリスに優しく「私に何か用かな？」と尋ねられると、私は急にひざまずいて自分の罪を懺悔《ざんげ》したくなった。

いやいや、クリスは神父さんじゃないからね⁉

心の中であわてて否定する。

「えっと、本が読みたいんです」

そう伝えるとクリスは「書庫は空っぽだっただろう？」と言いながら立ち上がった。

「どんな本を探しているの？」

本棚の前に立つクリスに、私は「白魔術に関する本はありますか？」と聞いた。クリスは本棚から二冊本を引き抜き「ここらへんかな？」と言いながら私に手渡す。

「ありがとうございます」

お礼を言うと「どういたしまして」と輝く笑顔が返ってくる。そのあまりの眩《まぶ》しさに私は両手を合わせて拝んでしまい、受け取った本がバサリと床に落ちた。

「あ、すみません！」

あわててしゃがみ拾おうとすると、本の上でクリスと手が重なった。クリスの大きい手が私の手を包み込んでいる。

そのとたんに、私はボッと音がなりそうなくらい顔が赤くなった。

ちょっと！　手がふれただけで赤くなるって、前世の私の恋愛偏差値、低すぎでしょ!?

以前のアルデラの恋愛偏差値が低いのはわかる。でもまさか、前世の私の恋愛偏差値まで低いとは思っていなかった。前世の記憶があいまいだから、自分に恋愛経験があるのかわからない。

固まってしまった私を心配したのか、クリスがそっと私の顔をのぞき込んだ。

「大丈夫？」

私はバッと飛びのいてクリスから距離をとった。驚くクリスに「し、失礼しました！」と勢いよく頭を下げる。

クリスは落ちた本を拾って「はい、どうぞ」と笑顔で渡してくれた。

「あ、ありがとうございました！」

お礼を叫んでそのまま執務室から飛び出すと、戻ってきたブラッドとすれ違う。

「アルデラ様？」

ブラッドに赤い顔を見られたくなくて本で顔を隠して走り去った。背後から「どうしたんですか!?」と叫ぶ声が聞こえたけど、追ってはきていない。

あああ、こんなことで赤くなるなんて、すごく恥ずかしいわ！

少しパニックになっていた私には、執務室に入ったブラッドの「クリス？　どうしたんだ顔が赤いぞ？　熱でもあるのか？」という不思議そうな声は聞こえなかった。

自室に戻った私は、本を胸に抱えながら乱れた息を整えた。

「い、一度、落ち着きましょう」

少しハプニングがあったものの、目的の白魔術の本は手に入れられた。深呼吸を繰り返してから、机の前に座り分厚い本を開く。

「白魔術……白魔術……あった！」

夢中になって読みふけると、大体のことがわかってきた。

「黒魔術は、願いと同等の代償を払うけど、白魔術は、自身の魔力を消費するのね」

だからこそ、個人の魔力量によって回復力の差が激しいらしい。

「今の白魔術師のトップは、あの怪しい女サラサ」

この本によると、彼女の魔力量はすさまじく、不治の病を一瞬にして治したり、瀕死の重傷を負った怪我人を救ったりしたこともあるらしい。

「ただし、本人の身体への負担が大きいため、いつでも使えるわけではない、か。サラサは、王宮お抱えだから王族をメインに治療しているのかしら？　クリスお兄様の奥さんが病気で亡くなっていることを考えると、貴族でも彼女に治療してもらえないことがあるのね」

サラサがすごいことはわかった。ただ、問題は彼女からあふれ出る黒いモヤだ。

そうとう後ろ暗いことがありそうだけど、今のところ、こちらから怪しい女に関わる気はない。

「とにかく、ノアを守ることが最優先よ！」

そう思っていたのに、私宛てに届けられた一通の手紙で事態は動き出した。手紙の差出人は、白魔術師のサラサだ。

手紙を届けにきた騎士は、来客用の部屋に通されていた。

この人、サラサの護衛をしていた、銀髪の騎士だわ。

その銀髪の美青年は、手紙を受け取ったのになぜか帰ろうとしない。

「まだ何か？」

私が迷惑そうな顔をすると、騎士は小声で「サラサには近づくな」とささやいた。

この騎士……もしかして、サラサに好意的じゃない？

確信がないので「なんのことかしら？」と、とぼけると騎士はため息をついた。

「これを見ろ」

騎士服の詰襟《つめえり》を指で下げたその下には、白銀の首輪がつけられていた。中心部には黄色い宝石がはめられている。

「サラサがお気に入りのやつにつける首輪だ。手紙の場所に行ったらアンタもつけられるぞ」

騎士は黄色い宝石部分を指さした。

「ここに番号が彫られている。サラサのお気に入り順だ。俺は三番。嬢ちゃんなら一番になれるかもな。どうだ？　最悪な展開だろ？」

騎士は忌々《いまいま》しそうに舌打ちをした。

「それって、サラサがお気に入りの人間をコレクションしているってこと？　ひどいことをされるの？」

「いいや、首輪ははめられるが、綺麗な宮殿で豪華な食事が食えて、しかも昼寝付きだ。仕事はサラサのご機嫌を取ることだけ。喜んで飼われているやつもいる」

「でも、あなたは違うのね」

騎士は「嬢ちゃんは、飼われたいのか？」と言いながら鼻で笑った。

「そんなわけないでしょう」

「そういうことだ」

私が手紙の中を確認すると、サラサが住んでいる翡翠宮《ひすいきゅう》に遊びにきてほしいといった内容だった。

「ねぇ、この手紙って私宛てよね？」

「そうだ、嬢ちゃん宛てだ」

「サラサは、ノアには興味ないの？」

騎士は少し考えるそぶりをした。

「ノアって、たしかここの伯爵令息だろ？　興味がないってことはないな。ただ伯爵家の直系には簡単に手が出せない」

「じゃあ、私ならいいの？」

「だって、嬢ちゃんって伯爵家から見たら、無理やり押しつけられた迷惑な後妻だろ？　サラサのやつ、クリスがいらないなら、わたくしがもらって可愛がってあげるって喜んでたぞ」

言葉のナイフが、サクッと私の胸に刺さった。

迷惑な後妻……たしかにその通りね。

腹が立ったので「銀髪騎士様は、お綺麗な顔に似合わず口が悪いわね」と嫌味を言うと、騎士は「おう！　そのせいでサラサには、あなたは一生話さないでって言われてるからな！」と豪快に笑う。

「サラサのこと、憎くないの？」

騎士はスッと笑顔を消した。

「そりゃ憎いが……妹を助けてもらった恩がある」

騎士からは憎悪と感謝、両方の感情が見える。なるほど、こういうふうにサラサの黒いモヤは相殺されているのね。

「まぁ、俺の話はいいから！　とりあえず、嬢ちゃんはこっちに来るな。な？」

ポンッと肩に乗せられた騎士の手を、私は振り払った。

「いいえ、行くわ。少しでもノアに危害を加える可能性があるなら先に潰しておかないと」

「だから、嬢ちゃん！」

私は気安く話しかける騎士をにらみつけた。

「私は伯爵夫人アルデラよ。次に私のことを嬢ちゃんって呼んだら、サラサだけじゃなくあなたも潰すわ」

わずかに騎士の瞳が見開いた。

「アンタ、本気でサラサを潰す気か？　王宮お抱えだぞ？　潰せるのか？」

「あなた、だれにものを尋ねているの？」

騎士は「まぁいい。俺は忠告したからな」とあきれた様子でこちらに背を向ける。私は、来客室に残り一人で考え込んでいた。

以前のアルデラの人生では、サラサと関わりがなかった。確実に流れは変わってきている。このまま運命を変え続ければ、今度は『ノアが殺されない世界』になるかもしれない。そのためなら、私はなんでもするわ。

サラサからの手紙を握りしめ、部屋から出ると「あ、出てきたよ！」と可愛らしい声が聞こえた。振り返ると、ノアがセナの隣でこちらに向かって手を振っている。

この二人、いつも一緒にいるわね。セナがノアを守ってくれるから安心だわ。

よほど気が合うのか、二人で遊んでいる姿をよく見かけた。セナがいる限り、邸宅内でノアが危険な日にあうことはない。

駆け寄ってきたノアに「アルデラさん、今、遊べますか？」と聞かれた。

「うん、遊べるわよ。あ、そうだ……」

お金が手に入ったら、ノアにいろんなものをたくさん買ってあげようと思っていた。

そういえば、セナも服とかいろいろ必要なものがあるんじゃないかしら？

生活必需品は、一通り伯爵家から支給されたようだけど、セナにも買いたいものくらいあるはず。

「よーし、決めた！　明日は三人でお買い物に行くわよ！」

ノアはきょとんとしながら「お買い物？」とつぶやき首をかしげている。

そっか、借金のせいで、今までお買い物に行ったことないものね。

私が少し涙ぐみながら「街まで行って、お店で好きなものを買うのよ」と伝えると、ノアは
「お買い物、楽しそうです！」とパァと表情を輝かせた。

「じゃあ、まずはクリスお兄様に買い物に行ってもいいか聞きましょう」

「はい！」

元気なノアの勢いに任せてクリスの執務室に押しかけると、クリスはいつものように輝く笑顔で迎えてくれた。

「父様！」と言いながら駆け寄ったノアの頭をクリスは優しくなでる。

「どうしたんだい？」

「父様、アルデラさんと、お買い物に行ってきます！」

驚いたクリスと視線が合った。

「私がほしいものがあるので、ノアに付き合ってもらおうかと」

「そういうことなら、行っておいで」

クリスはノアを見つめた。

「明日、ノアはアルデラの騎士だ。アルデラをエスコートして守ってあげるんだよ」

「はい、父様！」

本当に絵になる親子だわ。この場に亡くなったクリスの奥さんがいれば、さらに幸せ家族にな

る。黒髪の私じゃ浮いちゃうわね。家族には見えないわ。

サラサの護衛騎士に言われた『迷惑な後妻』という言葉が小さなトゲになって、今も胸に刺さっている。

いいのよ、浮いていても、迷惑でも……ノアを助けられるなら。私はかすかな胸の痛みに、気がつかないふりをした。

そのあとは、ノアとセナとかくれんぼをして遊んだ。たくさん遊んだあと二人と別れて、私はまたクリスの執務室に本を借りにいった。

以前のアルデラは本を読まなかったし、そもそも、この国に興味がなかった。それではノアを守れない。犯人を見つけるためにも、できるだけいろんなことを知っておく必要がある。

遠慮がちに扉をノックしてから執務室をのぞくと、執務机から顔を上げたクリスが笑みを浮かべる。

「今日はよく会うね」

「何回もお邪魔してすみません」

借りていた白魔術の本を返し、新しい本を借りたいと伝えるとクリスは立ち上がった。

「次は、なんの本が読みたいの？」と聞かれ、前回、手がふれただけで赤面してしまったことを思い出して、私は「いえ、自分で探します」と固い声で返事をした。

「そう」

クリスは、それきり黙ってしまった。

感じ悪かったかしら？

少し心配しながら私が本棚の背表紙を眺めていると、この国の高位貴族に関する本を見つけた。この本になら、マスターと呼ばれる初代公爵のことが書かれているかもしれない。私が本を手に取るとクリスが近づいてきた。

「アルデラ」

名前を呼ばれて顔を向けると、優しく左手をつかまれる。

「⁉」

驚いて固まっている私の手のひらに、鉛色のカギが置かれた。

「これは、この部屋のカギだよ。いつでも入っていいし、どの本を持っていってもいいからね」

「そんな重要なカギ、預かれません！」

「預けるんじゃない。君にあげるんだ」

クリスは両手で私の手を包み込んだ。

「もらってくれるかい？」

神々しいクリスの顔がとても近くにある。私は、徐々に頬が熱を持っていくのがわかった。神父系イケメンの破壊力はすごい。

緊張で何も言えなくなっていると、クリスは少し悲しそうに眉を下げた。

「迷惑かな？」

あわてて首を左右に振ると、クリスはホッとしたように微笑む。

「そんなに緊張しなくていいんだよ。私達は、もう家族なのだから」

優しいクリスに勇気をもらう。

そっか、そうよね。クリスは私のことを妹と思ってくれているんだった。

亡くなった奥さんの代わりにはなれないけど、迷惑な後妻ではないのかもしれない。そうだったらとても嬉しい。

「ありがとうございます。クリスお兄様」

私は手の中にあるカギをそっと握りしめた。


次の日、ノアはとても可愛かった。手を伸ばして一生懸命エスコートしてくれたし、馬車に乗るときも下りるときも手を貸してくれた。私が「ありがとう」とお礼を言うと、嬉しそうな笑みが返ってくる。

可愛いわね。

そう思っているのは私だけではないようで、一緒に買い物に来ているセナもどこか微笑ましそうにノアを見ていた。

ノアは私が持っていたバスケットも「ぼくが持ちます！」と言ってくれたけど、中には相変わらず髪やらビンやら公爵から奪ったブローチやらと怪しいものが入っているので丁重にお断りした。

街の中でも何があるかわからないからね。いつでもすぐに黒魔術を使えるようにして、ノアを守らないと。

今日は、たくさん買い物をするために、わざわざこの国の中心部まで来たので人通りが多い。

事前に本を読んで調べたけど、この国は王城を中心として、その周りに貴族街、さらにその周りに市街地があるそうだ。そこまでが外壁に囲まれていて、それから先はそれぞれの貴族が治める領地が広がっている。そして、国境付近は外敵から国を守るために辺境伯が治めていた。

ようするに、この国はドーナツがどんどんと外に向かって大きくなっていったみたいな作りなのよね。

領地を治める貴族達は城門の近くに城や砦《とりで》、邸宅を構えていることが多いので、中心部への移動はそれほど困らない。そして、普段は各自領地で過ごし、社交のシーズンにだけ中心部の貴族街にある家に住み、その期間が終わるとまた領地に帰っていく者が多いらしい。

でもクリスは、借金返済のために、貴族街にあった家を売っちゃったのよね。

城壁付近に住んでいるとはいえ、街に行くにもそれなりに時間はかかる。

ノアが社交界デビューをするころになったら、貴族街に新しく家を買うのもいいわね！

楽しい未来を想像しながら、ノアと並んで街を歩いた。セナは黙って後ろからついてくる。セナも一緒に並んで歩こうと誘ったけど「後ろにいるほうが、護衛しやすいから」と断られてしまった。

「とりあえず、服ね」

事前に調べておいた貴族御用達《ごようたし》の高級店でノアとセナの服を買った。

「二人とも何を着ても似合うわぁ」

いろいろ試着してもらい、店員達と一緒になって二人の素敵さをほめたたえる。

「今、試着したもの、全部もらうわ。買ったものはレイヴンズ伯爵家に送って。支払いはすべてレイヴンズ伯爵家のアルデラ宛てよ。絶対に間違えないで」

店員にそう伝えてから店を出た。ちなみに貴族の買い物の仕方も『ノアに恥をかかせるわけにはいかないわ！』と思い、本でバッチリ予習しておいた。

はぁああ、楽しい！

服を買い終わると、露店でノアが興味を持ったものを全部買った。ノアが戸惑いながら私を見上げる。

「こ、こんなに？」

「いいの、いいの！」

よくわからないおもちゃや、美味しそうな食べ物をノアの両手にのせていく。食べ物は「食べきれません」とノアが言うので、三人で仲よく食べた。

口いっぱいに頬張るノアが可愛らしい。ふと気がつけば、セナは別のところを見ていた。

「どうしたの？」

「なんでも、ない」

セナが見ていたほうを見ると、そこには路地裏に続く通路がある。

「あっちに行きたいの？」

「行きたい、というか、懐かしい匂いがする」

「懐かしい匂い？」

よくわからないので、食べ終わるとその通路に行ってみた。大通りから一歩出ると、とたんに人通りが少なくなり、華やかな雰囲気が消え去る。

路地裏は想像していたよりも清潔で、どちらかというと表通りにはない、よりマニアックな商品を取り扱ったお店が並んでいるといった雰囲気だ。

危なくはなさそうなので、三人で路地裏をブラついていると、一軒の古びたお店の前でセナが立ち止まった。

「この匂い……」

セナに言われて、鼻から息を吸い込むと、たしかに少し独特な甘い香りがしている。お店の看板には『魔道具・薬草』と書かれていた。

年季の入った扉をそっと押すと、キィと軋《きし》む音とともにカランカランとベルが鳴る。店の中に入ると、甘い香りがより強くなった。店の奥には、お婆《ばあ》さんが背中を丸めてまるで置物のように座っている。

「いらっしゃい」

低くゆったりとした声だった。

「おばあさん、魔道具って何を売っているの？」

魔道具の本はまだ読んでいないので、知識がない。

「なんでもあるよ。ほれ、お嬢さんがお持ちのソレみたいなのもね」

お婆さんは細い枯れ木のような指で、私の持っているバスケットを指差した。

「あ、それって、もしかして……」

バスケットから公爵家当主の証のブローチを取りだすと、お婆さんは笑う。

「まぁ、そこまで高価なものは、置いてないけどね」

「じゃあ、身を守るための魔道具がほしいわ」

「はいはい」

お婆さんはゆっくりと立ち上がると奥へ行き、三つの小箱を持って戻ってきた。

「これは？」

お婆さんが箱を開けると真紅の宝石がついた指輪とネックレス、イヤリングが出てきた。

「魔力強化効果があるね。あと、魔術の代償にも使える」

このお婆さんは、私が黒魔術を使うことをわかっていて薦めているのね。

「男物はないの？」

「おや、お嬢さんのものではないのかい？」

「大切な人達にもプレゼントしたいの」

「だったら」とお婆さんは、今度はお店のカウンターの下にあった荷物をゴソゴソと動かした。

「ここら辺はどうだい？」

お婆さんが革の巻物を開くとシルバーチェーンのブレスレットが何本も並んでいる。

「いいわね。これには、どういう効果があるの？」

「うーん、まぁお守りみたいなものさね」

ブレスレットを手に取ってみると、キラキラと輝いていた。これなら黒いモヤから身を守るくらいの効果はありそう。

「今見せてもらったもの、全部もらうわ。支払いはレイヴンズ伯爵家の……」

「そういう、ややこしいのはお断りだよ」

「あらそう。困ったわね」

念のためにと持ってきた現金は、さっき露店ですべて使ってしまった。どうしようかと思いながら、店内に目を向けるとセナが乾燥した草の匂いを嗅いでいた。

「それが、懐かしい匂いなの？」

セナがうなずいたので、アルデラはお婆さんを振り返った。

「お婆さん、これは？」

「染料になる草だよ。潰してその汁で髪の色を変えるんだ」

「髪の色を……あれ？」

セナに「この匂いが懐かしいのよね？」ともう一度確認する。セナは前に『アルデラの黒髪が初代公爵と同じで懐かしい』と言っていた。

「もしかして、初代公爵は黒髪を別の色に染めていたの？」

セナはコクリとうなずく。

この世界で、黒髪が珍しいのはわかるわ。白魔術師のサラサがコレクションしたがるくらいだもの。でも、今のところアルデラの両親以外、黒髪を嫌がっていないのよね。隠す必要はないのに、どうして初代公爵は黒髪を染めて隠していたの？

クリスから借りた高位貴族の本にはそんなことは書かれていなかった。アルデラの黒髪が両親から嫌われていた理由は、初代公爵のことを調べたらわかるかもしれない。一度、セナにじっくり話を聞かないと。

私が考え込んでいると、お婆さんが「買うのかい？　買わないのかい？」と急《せ》かしてきた。

「買いたいけど……現金の持ち合わせがないわ」

仕方がないのでバスケットから公爵家の紋章が入ったブローチを取りだす。

「今はこれしかないの」

ブローチを見たとたんにお婆さんは笑った。

「そんなものを受け取ったら、店ごと全部渡さないといけなくなるよ。そうだね、お嬢さんの黒髪を少しもらおうか」

「この黒髪に価値があるの？」

「綺麗で珍しいし、強い魔力が流れているね」

「いいわよ。どれくらいほしいの？」

お婆さんからナイフを受け取ると、ノアがあわてて割り込んだ。

「ダメです！　アルデラさんの髪を切るなんて！」

「大丈夫よ。髪はまた伸ばせばいいから」

「だったら、ぼくの髪をどうぞ！」

「それはダメ！」

私は自分でも驚くくらい大きな声で叫んでしまった。ノアは驚いて目を真ん丸にしている。

「……ごめんね、急に大きな声を出して」

ノアに謝ったあと、私はもう一度ブローチをお婆さんに渡した。

「お婆さん、これを預かって。あとから必ずお金を払いに来るから」

「はぁ、わかったよ」

お婆さんから買ったものを受け取ると、荷物はセナがすべて持ってくれた。私は、うつむいてしまったノアの手を引いて店から出る。

うつむいたままのノアの前にしゃがみ込み、目線を合わせた。

「ノア、本当にごめんね。ノアの髪はもらえない。私はノアのことがとても大切なの」

このやり直しの人生は、ノアを救うためだけにあるといっても過言ではない。顔を上げたノアの綺麗な瞳には涙が浮かんでいた。

「ぼく……。ぼくも、アルデラさんが大切なんです。アルデラさんが来てくれたから、父様や他の皆が元気になったんです。全部、アルデラさんのおかげなんです。ぼく、アルデラさんが大好きです。だから、アルデラさんを守れるくらい強くなりたい」

ノアは、両手をぎゅっと握りしめている。私は小さなその手をそっと包み込んだ。

私のことなんて守らなくていい。でも、ノア自身が強くなれば、ノアが助かる可能性が高くなるかもしれない。

私は、宝石のように輝くノアの青い瞳を見つめた。

「強くなって、ノア」

ノアは力強くうなずく。

「はい、ぼくはアルデラさんのために、必ず強くなります！」

私が小指を立てると、ノアも小指を立ててからめた。

「ゆびきりげんまん、ウソついたらハリセンボンのーます」

笑顔で約束を交わしたこの日から、ノアは強くなるために、ブラッドに剣術を習うことになった。また少し運命が変わったような気がする。

買い物を終えた私達は、三人で馬車に乗り込んだ。

疲れてしまったようで、ノアはセナの膝枕で眠っている。

「ねぇ、セナ。初代公爵のことなんだけど」

私が声をかけると、セナは首をかしげた。

「マスター？」

「そう、マスターのこと。あなたが知っていること全部私に教えてくれないかしら？」

「はい。マスターは、数百年前に現れた、優秀な黒魔術師でした」

「え!?　違うでしょう？　マスターは国を襲った黒魔術師を倒して黒魔術を奪ったって」

セナはゆるゆると首を振る。

「いいえ、マスターは、黒魔術師です」

ポツリポツリとセナが言うには、黒魔術は詠唱なしで使えるので、その当時、最強の魔術と言われていたらしい。その実力を認められていたマスターは、王宮に研究室を与えられて、そこで魔術の研究をしていたとか。

そんな最強の黒魔術でも、発動させる前に術者が攻撃されれば負けてしまう。それを防ぐためにマスターはセナを作ったそうだ。

セナは昔を懐かしむような表情を浮かべた。

「マスターは、王宮にある研究室に、こもりきり。人が嫌いで、話すのも嫌い。一人で研究さえしていればいい、そんな人」

そんなある日、マスターの研究室に一人の女性が迷い込んだ。マスターはすぐに追い返したけど、次の日も、また次の日も女性は研究室に遊びにきた。

マスターは困っていたけど「彼女には、強く言えない」と言っていた。なぜなら、その女性がこの国のお姫様だったから。それだけではなく、マスターが強く言えない理由は、他にもあった。

「お姫様がくると、マスターの心拍数が、上がってました」

「それって……」

そんな二人が恋に落ちるのは早かった。もちろん、国王は許さなかった。二人を引き離すために、マスターに軍隊を向かわせた。

マスターは黒魔術を使い王国の軍隊をたった一人ですべて倒して、そのまま謁見の間に乗り込んだ。

ふるえあがる国王を尻目に、マスターは聞いた。

「今ここで俺に国を乗っ取られるか、可愛い愛娘を俺に差し出すか、どちらか選べ」

国王は自らの命乞いをしながら、お姫様をマスターに差し出した。二人は微笑み合い幸せそうに抱き合った。

お姫様と結婚したマスターは公爵の地位を与えられた。国王は、たった一人の黒魔術師に攻め落とされた事実を隠蔽《いんぺい》するために、マスターを英雄に担ぎ上げた。

マスターもそれに同意し、黒髪を染めて別人を装った。

語り終えたセナの顔を私はまじまじと見つめた。

「それじゃあ、国を襲った悪の黒魔術師と、国を救った正義のマスターは、同一人物だってこと⁉」

セナはコクリとうなずく。

その真実は隠され風化していき、黒魔術は公爵家代々受け継ぐものになり、マスターの黒髪もみんなが忘れていった。

でも忘れなかった人達がいる。それは、マスターから黒髪の子孫を守るように言われたセナと、マスターの子孫の公爵家の人達。そして、おそらくマスターにひどいめにあわされた王家。

今思えば公爵は私に向かって『汚らわしい！　今すぐ出ていけ！　お前のせいで王家ににらまれ、私の立場がどれほど危うくなったか！』と叫んでいた。

「……もしかして、王家の指示で公爵家は、マスターのような常識外れの黒魔術師が産まれないようにしていた？」

そうだとしたら、黒髪が公爵家だけで嫌われていたことの説明がつく。

「マスターにそっくりなアルデラの存在を、一番恐れているのは王家だったのね」

やり直す前、アルデラが処刑されたとき、一番喜んだのは王家だったのかもしれない。

そういえば白魔術師のサラサは王宮お抱えだったわね。サラサと王家は深く繋《つな》がっている。そのことはただの偶然ではないのかもしれない。

私達を乗せた馬車がレイヴンズ伯爵家に着いた。

馬車の中で眠ってしまったノアは、セナが抱きかかえていた。買い物した荷物は馬車の御者が運んでくれている。

買い物から戻った私達を、メイド長のケイシーがエントランスホールで出迎えてくれた。

「お帰りなさいませ、アルデラ様」

そう言って頭を下げるケイシーは、レイヴンズ伯爵家に長く仕えている。

私にとてもよくしてくれるけど、絶対に私のことを奥様とは呼ばないのよね。たぶん、クリスの前妻と私をわけて呼んでいるのだと思う。

「ただいま、ケイシー」

以前のアルデラは、ケイシーから貴族の振る舞いを教えてもらった。優しくときには厳しいレッスンを受けて、おどおどしていたアルデラは、幸福な三年の間に、少しずつ貴族らしい振る舞いができるようになっていった。

その経験があるおかげで、今の私も貴族らしい振る舞いができる。『何かお礼ができたらいいのに』と以前のアルデラはずっと思っていた。

だから、これを買ったのよね。

私は荷物の中から革の巻物を取りだした。広げるとその中にはシルバーチェーンのブレスレットが何本も並んでいる。

細身のものなら、女性がつけていてもおかしくないわよね？

ブレスレットを一本だけ引き抜いて、それをケイシーに見せた。

「ケイシー、これをもらってくれないかしら？」

ブレスレットを見せるとケイシーは「あらあら、まぁまぁ」と驚きながら微笑む。

「いいのですか？」

「うん、いつもお世話になっているお礼よ。疲れにくくなるお守りみたいなものなの」

身につけるだけで黒いモヤを遠ざける力がある。

「へぇ、すごいですねぇ！」

「ケイシー、つけてもいい？　つけたいの」

ケイシーは「アルデラ様が私につけてくださるんですか？」と驚きながらも左腕を出してくれ

た。

　このブレスレットに、少しだけ私の魔力を流して……。

　自分の魔力を流した魔道具を他人につけさせることにより、簡易的に主従関係を作ることができる。

　実は、白魔術師サラサが銀髪騎士に首輪をつけていたのを見て思いついたのよね。魔術師の私と主従関係になっていれば、ケイシーが危険な目にあったらすぐにわかるから。

　ただ、問題は相手が自分に好意的ではない場合、拒絶反応が起こってしまうということ。

　大丈夫かしら……？

　私はそっとケイシーの腕にブレスレットをつけた。拒絶反応は起こらず、ブレスレットは静かに光る。

　よかった、大丈夫なようね。

　ケイシーは「ふふっ、ありがとうございます」と嬉しそうにしている。

「アルデラ様が嫁いできてくださってよかったです。あなたはクリス坊ちゃんの本当の妻ですからね。前の奥様とは違って……」

「それってどういう意味？」

　そこに掃除道具をもったメイド達が通りかかった。私が公爵家から勧誘したメイド達だ。彼女達はこちらに気がつくと丁寧に頭を下げた。

「お帰りなさいませ、アルデラ様」

彼女達の腕にもケイシーと同じようにブレスレットをつけていく。だれも拒絶反応は起こらなかった。

「いただいてよいのですか？」と喜ぶ彼女達に「お守りなの。でも外しても大丈夫だからね」と伝えておく。

これは一方的で勝手な主従関係だから、いつでも簡単に無効にできる。でも、ブレスレットを捨てない限りは相手の安否がわかるから。

大切な人達が無事だとわかると安心するので、できれば持っていてほしいという私のワガママだ。

「素敵！」

「外しません！」

騒がしい彼女達をケイシーが手をパンパンと鳴らして注意した。

「ほら、騒がない。仕事に戻りなさい」

メイド達は微笑みながら返事をして掃除に戻っていった。

ケイシーは「お部屋でゆっくりされますか？」と聞いてくれる。

「いいえ、ブレスレットをみんなに配るわ」

「わかりました。荷物はお部屋に運んでおきますね」

「ありがとう」

先ほどのケイシーの『クリス坊ちゃんの本当の妻』という言葉が気になったけど、ケイシーは御者から荷物を受け取るといってしまった。仕方がないので、私は革の巻物だけを持って歩き出した。キッチンに行って料理長や他のメイド達にもブレスレットを渡していく。

その途中でブラッドを見かけた。ブラッドは、両手に書類を抱えていて相変わらず忙しそうだ。

借金問題が解決しても、やっぱり人が足りないのね。またどこかでスカウトしてこようかしら？

そんなことを考えていると、ブラッドがこちらにズンズンと大股で向かってきた。

「お帰りなさいませ、アルデラ様！　お買い物は楽しまれましたか？」

爽やかに微笑みかけられ、私はなぜかよく懐いた大型犬を思い出した。

「ええ、楽しかったわ。あ、そうだ」

書類を抱えたブラッドの左腕にブレスレットをつけた。

「これお守りなの。黒いモヤを遠ざけるから、疲れにくくなるわよ」

「こ、これを私に……？」

「うん、公爵夫人のネックレスほどの効果はないけど、もらってくれる？」

黒いモヤを弾く公爵夫人のネックレスは、ブラッドに「これは、アルデラ様が持っていてください」と押しつけられてしまったので、今は私の部屋に置いてある。

「ありがとうございます！　一生、外しません！」

予想以上に感動されてしまい、私は戸惑った。

「みんなにも、同じものをあげているから……」

する。


「それでも、私は嬉しいです!」

「そ、そう」

ブラッドの熱すぎる忠誠心に報いるためにもノアを絶対に守らないとね。

私が「クリスお兄様は、執務室かしら?」と尋ねると、ブラッドは「はい!」と元気に返事をする。

別れ際にブラッドは「クリスもすごく喜ぶと思います!」と言ってくれた。

そうだったらいいけど……。

喜んでくれるかどうかはわからないけど、クリスは以前のアルデラや私に『大切な家族』や『私のことは兄と思ってくれればいいからね』など、嬉しい言葉をたくさんくれた。さすがに、嫌われてはいないと思う。

執務室の扉をノックすると、「どうぞ」と落ち着いた声が返ってくる。

「アルデラです。失礼します」

部屋に入るとクリスは「おかえり。買い物は楽しかったかい?」と優しく微笑みかけてくれた。

はぁ……何度見ても神々しい。

拝みたい気持ちをグッとこらえて、私は「ただ今戻りました」と微笑み返した。

「実は、お土産を買ってきました」

革の巻物からブレスレットを取りだし、クリスに見せた。

「ブレスレット?」

「はい。これはお守りみたいなものなのです。つけてもいいですか？」

私は執務机の側に行き、クリスが手を出してくれるのを待った。

「これを私に？」

驚くクリスの左腕に、私はブレスレットを巻きつけた。少しだけ魔力を流すことも忘れない。

「できましたよ、お兄様」

「……ありがとう」

嬉しそうに微笑みかけられて、その素敵な笑みに私は不覚にもときめいてしまった。

「あ、えっと、このブレスレットは伯爵家のみんなとおそろいなんです。いつもお世話になっている人達にお礼がしたくて」

照れ隠しにそう伝える。

「みんなと、同じ……」

クリスがそうつぶやいたとたんに、バチッと激しい火花が散ってブレスレットが弾け飛んだ。

「え？」

ぼうぜんとクリスを見ると、右手で口元を覆い私から顔を背けている。

これって、もしかして拒絶反応？　しかも、火花が散るくらいの激しい拒絶。

そんな……大切な家族だって、兄と思えって……あれは全部ウソだったの？

クリスのことを信じていただけに、私は絶望に包まれた。

「お兄さ……いえ、クリス様。私のこと、本当は嫌いだったのですね」

クリスが驚いたように目を見開いた。

「アルデラ、何を？」

この誠実そうな顔と神々しい雰囲気に騙された。ため息をつくと、うわついた感情がスッと冷めていく。

落ち着くのよ。たとえ嫌われていても、クリスが以前のアルデラによくしてくれたことに変わりはないわ。

それにクリスはノアの父親だから、ノアの幸せのためには必ず無事でいてもらう必要がある。

魔道具で主従関係が築けないのなら、血の契約で無理やり従わせるしかないわね。

私は自分の指を噛《か》もうとして、思いとどまった。

わざわざ嫌われている相手のために、痛い思いをしなくてもいっか。

クリスの腕をつかむとその綺麗な人差し指に思いっきり噛みつく。

「つっ⁉」

噛みついた傷口を舌で舐《な》めると、口の中に鉄の味が広がった。この血を代償として黒魔術を発動させる。

無理やり従わせるといっても、安否が知りたいだけだから、この程度の血で大丈夫でしょう。でも魔道具を使わずに、黒魔術を永続的にかけることはできない。

仕方がないから、これからは、ときどきクリスに噛みついて、黒魔術を上書きするしかないわね。

悪女と言うより、吸血鬼みたいになってきたと自嘲する。クリスの指から口を外すとうっすらと血がにじんでいた。黒魔術で傷は癒やせない。

クリスの青い瞳が信じられないものを見るように、こちらを見ていた。少しだけ胸が痛む。

以前のアルデラは、どこまでも優しいクリスに淡い恋心を抱いていたのかもしれない。そして、それは今の私も同じだった。

好きになっても、絶対に愛してもらえないのにね。

クリスの愛は亡くなった奥さんに注がれている。だからこそ、せめて仲のよい兄と妹になりたいと思った。

「……ウソつき」

ポツリと本心がこぼれた。ぼうぜんとするクリスを残して、私は執務室から出ていった。

一人になると私の口から盛大なため息が出る。

麗しい偽の夫は、遠くから見ているだけのほうがよかった。『せっかくだから家族のように仲よくなりたい』とか『兄と妹になれるかも？』という淡い期待を抱いてしまったせいで、無駄に傷ついてしまった。

クリスのことは、ノアを守るために必要な存在として割り切ることに決めた。今後、クリスが敵対したり、私の邪魔をしたりするようなら、黒魔術でもっと強力な主従関係を叩きこんでやるわ。

そんなことを考えながら廊下を歩いていると、視線の先でノアが両手を振っていた。側にはセナの姿もある。

「ノア、セナ」

私が笑顔で手を振り返すと、ノアが元気いっぱいにこちらに駆けてきた。

「アルデラさん！　みーつけた！」

ノアはニコニコと微笑みながら、チラッと私が持っている革巻物を見た。そして、もじもじと身体をゆらす。

「あの、それ……」

あ、そうだ。ノアにも渡しておかないと。

革の巻物をほどいてシルバーチェーンのブレスレットを一本取りだしノアに見せた。

「これはね、お守りみたいなものなの。私の大切な人に持っていてもらいたくて、今、みんなに配っているの。ノアももらってくれる？」

ノアはやわらかそうな頬を桃色に染めながら「ぼくが、大切な人……」とつぶやいたあとに「はい！」と元気にお返事してくれた。

「ありがとう。私がつけるから、腕を出して」

「は、はい」と少し戸惑いながら出してくれた腕に、私はそっとブレスレットをつけた。その際に魔力を流すことを忘れない。

うん、拒絶反応はないわね。

ノアはブレスレットを見ながら「わぁ」と青い瞳をキラキラと輝かせていた。

私が「邪魔だったら外してもいいからね？　でも、できれば捨てないで」とお願いすると、ノアはブレスレットがついた腕を胸に抱え込んで「ええっ⁉　外しませんし、捨てません！」と驚きながら言ってくれた。

よかった。安否確認のために、何があってもノアにだけは持っていてもらわないとね。

クリスのように拒絶されなかったことにホッとため息をつくと、セナに「何か、あった？」と聞かれた。

「ううん、なんでもないわ」

セナは感情が見えない水色の瞳をこちらに向けながら、そっと腕を伸ばしてきた。そして、よしよしと優しく私の頭をなでてくれる。

「アルデラ、泣かないで」

「な、泣いてないわ⁉」

私が驚いていると、セナにぎゅっと抱きしめられた。

「な、泣いてないったら⁉」

セナの腕から逃げようともがいても、どこにそんな力があるのかビクともしない。そうしているうちに、背後からノアの心配そうな声が聞こえてきた。

「アルデラさん、泣いてるの？」

「泣いてないわ！」

私の言葉をセナがきっぱりと否定する。

「泣いてる」

「そ、そうなんだぁ」

悲しそうな声を出したノアは、後ろから私の腰辺りにぎゅっと抱きついた。

「大丈夫ですよ、アルデラさん！　セナはなんでも知ってて、なんでもできるんです！　ぼくセナに勉強を教えてもらっているんです。賢くなるし強くなります！　これからは、ぼく達がアルデラさんを守りますからね！」

泣いていないのに！　違うのに！

セナとノアでサンドイッチにされながら、頭をなでられていると胸がポカポカと温かくなっていく。

そっか、セナの言う通り、私は泣いていたのかもしれないわ。

クリスに拒絶されて傷ついていた。涙は流していなくても、心は泣いていたのかもしれない。

いつまでも頭をなでてくれるセナを見て、つい「セナって、お母さんみたい」とつぶやいてしまう。

セナはなでるのをやめて「お母さん？」と不思議そうに繰り返した。

「あ、それ、ぼくも思います！　セナは、ときどき母様みたいです」

アルデラが「そうよね」と微笑むと、ノアは顔を赤くする。

「あ、あと、アルデラさんは、その……お、お姉さんみたい、です」

「私がお姉さん？」

ノアは赤い顔のままコクコクとうなずいた。

「優しくって、とっても綺麗で……あっ！」

ノアは言ってはいけないことを言ってしまったように口を両手で押さえた。「ご、ごめんなさい。外見のことは言っちゃダメなのに……」と謝りながら今にも泣き出しそうな顔をする。

「どうしてダメなの？」

「だって……母様が悲しむから……」

ノアが言うには、前妻マリアは鏡を見るのを嫌っていたそうだ。美しかった自身が病《やまい》に蝕《むしば》まれていく様子を悲しんでいたらしい。

そっか、だからノアは女性の外見を口にしないように今まで気をつかっていたのね。私の外見が変わっても何も言わなかったのはノアの優しい気遣いだった。こんなに小さな子がそんな気遣いをしていたなんて。優しすぎるノアに胸がしめつけられる。

「どうして謝るの？　お姉さんって言ってもらえて、私はとっても嬉しいわ」

「そ、そうですか？」

「綺麗って言ってもらえたのも、すごく嬉しい」

ノアはパァと表情を明るくした。嬉しそうに微笑むノアの可愛い鼻を私は人差し指でツンッとつつく。

「でもノア。本当に私のことをお姉さんと思ってくれているなら、アルデラさんじゃなくてアルデラって呼んでくれない？」

戸惑うノアに「ノアともっと仲よくなりたいの」と伝えると、ノアは口を開いた。

「あ、あ、アル、アルデラ……姉様《ねえさま》！」

「呼び捨てでいいのだけど？」

ノアは「む、無理です！」と首を左右に振る。

まぁいっか、姉様でも。私が「仕方がないから姉様で許してあげる」と言うと、ノアはあからさまにホッとした。

「ノアとセナのおかげで元気になったわ。ありがとう」

心からそう思い伝えると、二人は嬉しそうに笑う。

「あ、そうそう！」

私は革の巻物から、一本のブレスレットを取りだすとセナに見せた。

「セナももらってくれる？」

当然とでも言いたそうにセナはうなずく。魔力を流しながらブレスレットをつけたけど拒絶反応はない。

結局、私を拒絶したのはクリスだけね。その事実も、優しいノアとセナのおかげで、もうどうでもよくなってしまった。

「さてと」

大切な人達の守りは整った。

ノアの危険を取り除くために、白魔術師のサラサに会いにいきますか。

長い黒髪をサラリとかきあげ、私は笑みを浮かべた。

第四章　アルデラVS王宮お抱え白魔術師

episode04

私は、今まで無視していたサラサの手紙に返事を送った。

サラサからの手紙の内容は『翡翠宮に遊びに来てほしい』というものだったので、『サラサ様、いつでもお招きください。アルデラは喜んで参ります』と簡潔に返した。

手紙を送った三日後には、銀髪の騎士が私を迎えにきた。そのことを私に伝えにきたブラッドが「招待状も寄越さずにいきなりアルデラ様を迎えにくるなんて、本当に無礼な女です」と歯ぎしりしている。

「いいのよ。私からサラサに会いたいって言ったから」

「では、私を護衛にお連れください！」

「護衛にはセナを連れていくわ。あなたはノアの護衛をお願い」

そう伝えるとブラッドは急に青ざめた。

「どうしたの？」

「あ……はい、しかし」

はっきりしないブラッドに「何が不服なの？」と聞くと、ブラッドはあわてて首を左右に振った。

「不服などではありません！　ただ、私がノア坊ちゃんの護衛に相応しくないだけで……」

「だれがあなたにそんなことを言ったの？」

　少しうつむいたブラッドは「夢を……」と暗い声でつぶやいた。

「あっ！」

　そういえば、ブラッドはノアを守れず殺される悪夢に悩まされていた。

「あの悪夢はまだ続いているの？」

「いいえ、アルデラ様と公爵家に行った日から、不思議と見なくなりました」

　ブラッドは重いため息をついた。

「あれは夢だとわかっています。でも、私はノア坊ちゃんを守れなかった己の無力感を忘れられません。だから、私は坊ちゃんの護衛はできません……」

　うなだれているブラッドに「ねぇ」と声をかける。

「私は、それをただの夢だと思っていないの。ノアを助けるためにとても重要なことかもしれない。夢のことをもう一度、詳しく話してくれない？」

「はい」

　ブラッドの話では、薄れゆく意識の中で、「ちょうどよかった。お前には死んでもらおうと思っていた」という男の声と、「邪魔なあの女も早く殺しましょうよ」という甲高い女の声が聞こえたそうだ。

私が「その声の二人が、ノア殺害の犯人ってことね?」と確認すると、ブラッドは「はい、間違いありません」と確信を持って返事をした。

「姿は見ていないの?」

「残念ながら。男は黒いマントフードで顔を隠していましたし、女は私が斬られたあとにその場に来たようです。男はこうも言っていました『あの女はまだ殺さない。利用価値があるからな』と」

私は腕を組んだ。その『利用価値のある女』って、たぶんアルデラのことよね? だって、犯人達はノアを殺したあとで、すべての罪をアルデラに被せたのだから。

「ブラッド、そいつらの声、聞いたらわかる?」

「はい、三か月もの間、聞き続けて嫌でも耳にこびりついています」

「白魔術師のサラサはどう?」

「違う……と思います。意識しながらもう一度聞けば、はっきりとわかります」

「わかったわ。ノアの護衛はセナに任せる。ブラッド、あなたは私と一緒にきなさい。そして、声を聞きわけて、その犯人の男と女を捜すのよ」

「はい!」

ブラッドは今にも泣き出しそうな顔で「アルデラ様。私の、夢の話を信じてくださって、ありがとうございます」と声をふるわせた。

「前にも言ったけど、泣くのはノアを救ってからよ」

私が笑うとブラッドはまるで眩しいものを見るように目を細める。

「護衛の準備をしてきます！」

勢いよく部屋から飛び出したブラッドの背中を見届けると、私は机の引き出しを開けた。そこには、透明なビンが並んでいる。

「髪や爪は集めておいたけど、それほどの量はないのよね」

でも、前にブラッドが自分の髪をバッサリと切って「使ってください」とくれた緑色の髪束はまだ残っている。私はそれらをバスケットの中に詰めていった。

「ハサミも入れてっと。念のため、前に買った魔道具のアクセサリーもつけていったほうがいいわね」

魔道具屋で買った真紅の宝石の指輪、ネックレス、イヤリングは、魔力強化効果があり、魔術の代償にも使えるらしい。

アクセサリーを引き出しから取りだすと、部屋の扉がノックされた。返事をするとすぐにメイド長のケイシーが顔を出す。その後ろには大きな箱を持った若いメイドが続いた。

「アルデラ様、こちらサラサ様からです」

ケイシーに「開けてみて」と伝えると、箱の中から一枚のドレスを取りだし私に見えるように広げてくれた。

真っ黒なドレスには、真っ黒なレースやらフリルやらリボンがたくさんついている。う、わぁ……これって、ゴスロリってやつかしら？

「サラサからってことは、これを着てこいってこと？」

ケイシーは無言でうなずいた。若いメイドは「絶対、奥様に似合いますよぉ」とテンションが上がっている。

まぁ、このドレスにおかしな細工はないようね。だったらいいか、とゴスロリを身にまとい、真紅の宝石のアクセサリーを身につけた。

ケイシーと若いメイドは「お似合いです」と笑顔でほめてくれる。鏡に映る私は、たしかにゴスロリを着こなしていた。美少女ってすごいわね。

ケイシーが仕上げにセットになっているヘッドドレスをつけてくれた。

「二人ともありがとう。行ってくるわ。しばらく戻らないかもしれないけど、ブラッドに護衛をしてもらっているから心配しないで」

「アルデラ様、いってらっしゃいませ」

「奥様のお戻りを心待ちにしております！」

二人はそろって私に深く頭を下げた。

自室から出ると準備を済ませたブラッドがすでに待機していた。その横には、セナとノアの姿もある。

ノアは「アルデラ姉様」とつぶやいてうつむいてしまった。

「心配しないでノア、私は必ずここに戻ってくるわ」

ゆっくりと顔を上げたノアは「そうですよね、ここが姉様の家ですもんね」と少しだけ笑ってくれる。

「そうよ」

私はセナに視線を向けた。

「セナ、私がいない間、ノアを守ってね」

セナは無言でコクリとうなずく。私はクリスにも挨拶に行こうかと思ったけど、嫌われているのにわざわざ行かなくていいかと思いなおした。

ノアとセナと別れ、ブラッドと二人で銀髪騎士が待っている客室へと向かった。中に入ると、整った顔をした銀髪騎士がニヤリと笑う。

「せっかく俺が忠告してやったのに、自分からサラサに会いにいくなんて。バカだな、お嬢ちゃん」

「相変わらず無礼ね」

私は静かに背後に控えているブラッドの名を呼んだ。

名を呼ばれただけで私の命令を理解したのか、前に出たブラッドは銀髪騎士の膝辺りを横から激しく蹴った。

バランスを崩した騎士は、無様に床に倒れ込む。ブラッドは、倒れ込んだ騎士の右腕をしめ上げた。

「なんだ!?　急に、何を!?」

私はブラッドに押さえつけられ、床に這いつくばっている騎士を見下ろした。

「あら？　次に私のことを嬢ちゃんって呼んだら、サラサだけじゃなくてあなたも潰すって忠告してあげたでしょう？　忘れちゃったの？　おバカさんね」

クスクスと笑うと、銀髪騎士は鋭くにらみつけてきた。

「あら、生意気」

私の声と同時に、ブラッドが騎士の顔面を床に叩きつけた。

「がっ！」

苦しそうな声が聞こえる。こういう容赦がないところを見ると、ブラッドへの命令は慎重にしないといけないわねと思う。

「あら大変。サラサのお気に入りのお綺麗な顔に傷がついてしまうわね」

「……このクソ、女……」

騎士の発言を聞いて、ブラッドの目が吊り上がる。私は銀髪騎士にあきれてため息をついた。

「何か勘違いしているようだから、優しい私が教えてあげるわ。あなた、自分がその整った顔のせいで理不尽な目にあっていると思っているでしょう？」

騎士の眉がピクリと動く。

「この顔のせいで、サラサにペットのように扱われて、俺、可哀想って」

騎士の目に怒りがにじんだ。

「自分に酔って楽しい？　その態度とその口調で、本当に正当な騎士になれると思っているの？」

騎士は「俺は、こうなる前は王宮騎士団にいたんだぞ!?」と叫んだ。

「だから何？　あなたは騎士団内で、サラサに取られても痛くない程度の存在だったから、今、こうなっているのでしょう？」

その言葉を証明するべくブラッドが「王宮騎士団は、実力重視で選ばれる者と、貴婦人の護衛のために顔重視で選ばれる者がいます」と教えてくれる。

その言葉で騎士の全身から、黒いモヤが湧き起こった。

これは殺意ね。図星をつかれて怒っているのかしら？

「ねぇ、ブラッド。その騎士は、妹の病気を治してもらった恩で、嫌々サラサに飼われているらしいわ。あなたがもし彼の立場だったらどうする？」

「そうですね。妹を助けてもらったならば、誠心誠意サラサにお仕えします。その後、恩を返しきったと感じたら、顔に切り傷かヤケドでもつくってサラサから捨てられるように仕向けますね」

ブラッドの言葉を聞いて、騎士は大きく目を見開いた。

「そういうことよ。あなたはなるべくしてサラサのペットになっている。その事実も受け入れないで、偉そうに振る舞って恥ずかしくないのかしら？」

フゥとため息をつくと、ブラッドが「この者の処分は、いかがなさいますか？」と淡々と聞いてきた。

「そうね。優しく教えてあげるのはここまでにしましょう。宣言通りこれからあなたを潰すわ。

そのお綺麗な顔を潰されるか、それとも騎士の命である利き腕を潰されるか、選ばせてあげる」

銀髪騎士の顔から、サァと血の気が引いていく。

「どうしたの？　簡単な二択でしょう？　これからもペットとして生きるなら、腕はいらないわね。騎士として生きるなら、その顔はいらないでしょう？」

「……あ、う……」

「答えられないの？　じゃあ、両方潰すわね」

私がニッコリ微笑むと「う、うわぁああ⁉」と騎士の叫び声が辺りに響いた。

「なーんてね。ウソよ、ブラッド放してあげて」

その言葉でブラッドは、パッと騎士の拘束を解いた。床に倒れたまま、大量の汗とうっすら涙を浮かべている騎士に私は話しかけた。

「この前、私のことを、あなたが迷惑な後妻って言ったから、つい仕返しをしてしまったわ」

ブラッドの手は、腰に帯びている剣の柄《つか》を握っている。

「アルデラ様、この無礼者を処分する許可をください」

「ダメよ。その無礼な騎士はサラサのお気に入りだもの。よかったわね、顔がよくて命拾いしたじゃない」

床から少し顔を上げた騎士の瞳には恐怖の色が浮かんでいる。

「あら、少しはマシな顔になったわね。起き上がりなさい」

私の言葉に騎士は無言で従った。ブラッドに蹴られた足が痛むのか、すぐには立てないようで床に正座している。

「サラサとあなたが出会ったときのことを詳しく話しなさい」

銀髪の騎士が言うには、妹が急に病に倒れたときに、たまたま、その村に来ていたサラサが妹を救ってくれたそうだ。王宮お抱え白魔術師の治療を受けて、高額な代金を払えるわけがなく困っていると、サラサに仕えるように提案されたらしい。

「ふーん？　すべては偶然だったといえば、それで終わりだけど、サラサはまともじゃないわ。あなたを手に入れるために、何か妹に仕掛けた可能性はないの？」

騎士は「俺も、それを疑ったこともあった……いえ、あったんです」とうつむいた。

「ただ、白魔術は人に害を与えることができないので思い違いかと」

たしかにそうだけど、人に害を与えるだけの黒魔術でも使い方によっては人を助けることができる。

たとえば、ブラッドの疲労を万年筆に肩代わりさせたり、主従契約を結ぶことによって、相手の安否を確認できるようにしたり。

癒やすことしかできない白魔術も使い方次第で、人を攻撃できるかもしれない。そうだとすれば、ノアの安全のためにも、やはりサラサは潰しておかないと。

いつまでも正座している騎士に私は微笑みかけた。

「立てるようになったかしら？　さぁ、行きましょう。早くサラサを潰さないと」

銀髪の騎士は、恐怖で頬を引きつらせながら、ゴクリと生唾を飲み込んだ。明らかにおびえた様子の銀髪騎士に私は馬車へと案内される。

ちょっとやりすぎたかしら？

時代劇だとこういう自分の人生をあきらめているタイプは、主役に痛い目にあわされ、カツを入れられて更生するパターンが多い。

この騎士、私に『サラサに近づくな』って忠告をしてくれるくらいには優しいからね。でもまぁ、迷惑な後妻って言われたことへの仕返しは本当だけど。

思いつく限り厳しい言葉もたくさん伝えたし、今回、痛い目にあったことをきっかけに、騎士の中で、何か考えや態度がいいほうに変わることを祈るしかない。

それにしても、私の悪女っぷり、なかなかさまになっているわね。

次から次へと相手を追い詰める言葉が出てくるので、もうこれは才能の一種かもしれない。

サラサが迎えに寄越した馬車は豪華なものだった。白を基調とし金色の装飾が施されている。

これ、サラサが乗っていた馬車だわ。自分が乗る高級馬車を私のために寄越すなんて、よっぽどこの珍しい黒髪が気に入ったのね。

私があきれていると、おびえていた銀髪の騎士が覚悟を決めたように馬車内へとエスコートしてくれた。

「無理しなくていいわよ」

騎士は「いや」と気まずそうに視線をそらし馬車内へと乗り込んでくる。

「今日は白馬じゃないのね？」

たしか前にサラサが伯爵家に来たときは、騎士は白馬にまたがっていた。

「あれはサラサの趣味だ。馬より馬車のほうが楽なんで……いえ、楽ですので。あの、少しでいいので、俺の話を聞いてもらえませんか？」

馬車の入り口でブラッドが『どうされますか？　アルデラ様？』と視線だけで聞いてきた。騎士と密室で二人きりになることが心配なようだ。

「大丈夫よ」

私はにっこりと微笑むと、持っているバスケットを軽く叩いた。その中には黒魔術に使う道具が入っている。

ブラッドは納得したようで、「何かあればすぐにお呼びください」と言い、馬車の御者台へ向かった。御者の隣に座るようだ。

馬車の扉は閉められ、二人きりになると騎士は小さく息を吐く。

「話す機会をくれて、その、ありがとうございます」

私が「話って？」と先をうながすと、銀髪騎士は困ったような顔をした。

「今までの無礼な態度、申し訳ありません。言いわけになりますが、俺も初めは真面目に騎士を目指してたんです。ただ……」

銀髪騎士がいうには、この顔のせいで騎士としての努力はまったく認められず、顔だけで優遇されることが続き、仲間内からも嫉妬と軽蔑の眼差しを受けるようになり、次第に心が荒《すさ》んでいったらしい。

「俺が護衛についた貴族の夫人や令嬢方は、俺の外見を気に入っていたので、俺がどういう態度でも許されたんです。むしろ、少し乱暴な口調が新鮮だと喜ばれて……」

サラサに飼われてからは、さらに『どうせ俺なんて』と自暴自棄になっていったようだ。

「さっきは正直すごくビビったし、しびれました」

「何？　私に文句が言いたいわけ？」

「いや、アルデラ様のおかげで目が覚めたってことです。俺を雇ってもらえませんか？」

「それは伯爵家に仕えたいってこと？」

「アルデラ様にお仕えしたいということです」

騎士の真剣な瞳を見る限り、ウソはついていないようだ。

これからは前向きに生きようと思ってくれたのは嬉しいけど、使えない人材はいらないのよね。今のところ、この騎士を雇いたいと思える要素が一つもない。

「あなた、役に立つの？」

「たってみせます」

「なら、これからそれを私に証明しなさい。役に立つとわかったら雇うわ」

「何がおかしいの？」

銀髪騎士はククッと忍び笑った。

「いえ、顔で選ばれなかったのが嬉しいだけです」

「私の役に立つなら外見なんて関係ないわ」

騎士は「実力主義ってやつですね。そういうあなたにこそ俺は雇われたい」と言いながらまた笑った。

今、馬車で向かっている翡翠宮は、サラサが王族の命を助けた褒美に与えられた宮殿だそうだ。元は王族の別荘として使われていたらしい。

その説明の通り、私を乗せた馬車は豪華な門をくぐり、広すぎる庭園を抜けて真っ白な外壁の宮殿の前へとたどり着いた。

アルデラの実家の公爵家もすごかったけど、こっちはさらに豪華絢爛《ごうかけんらん》ね。

この宮殿を見るだけでサラサがいかに白魔術師として優遇されているのかがわかる。

銀髪騎士は馬車から下りると、私に手を差し伸べながら「俺は、アルデラ様がサラサをどう潰すのか楽しみにしています」とニヤリと笑った。

そのためにも、まずは情報収集ね。

馬車から下りると、執事服を着た青年二人が迎えてくれた。どちらも顔が整っていて、首には銀色の首輪がついている。

ただ、銀髪騎士が首につけていたものとは違い、中心部の宝石は黄色ではなく青い。

私をエスコートしている銀髪騎士に「ねぇ、首の首輪についている石の色の違いは何？」と尋ねると「ああ、あれは……」と言いながら嫌そうな顔をした。

「俺みたいな黄色は、サラサの超お気に入りで一番から十番まで番号が振られているんです。青いやつらは、番号がなくて、そこそこのお気に入りで、サラサに仕えるための使用人って感じです」

「なるほどね」

お気に入りの人間をコレクションするだけではなく、翡翠宮に勤める使用人達も男女ともに美形をそろえているということらしい。

でも、それだけでサラサからあんなに禍々しい黒いモヤが出てくるかしら？

サラサを取り巻くキラキラした空気に相殺されてわかりにくいけど、黒いモヤを見る限りアルデラの両親並みの悪事を働いていてもおかしくない。それは人を殺しているということで。

私は後ろをついて歩くブラッドに視線を送った。視線に気がついたブラッドは静かに近づいてくる。

「サラサからは禍々しい黒いモヤが出ているわ。その原因を探りたいの」

ブラッドが「わかりました」と答えると、銀髪騎士が「そんなヤバイ話は聞かないけどなぁ？」と首をひねった。

「サラサにひどい目にあわされたという人はいないの？」

「聞かないですね。俺みたいな黄色石持ちはほぼメンバーが固定されていますが、青色石持ちはけっこう人が入れ替わっているみたいだから出ていくのも自由なんだと思います。貧しい出身のやつらなんかは、顔がいいだけで楽な生活ができるって喜んでいるくらいで」

「そんなに条件がいいなら、ここから出ていく人は何が理由で出ていくの？」

銀髪騎士が「さぁ？」と返し、ブラッドは「探ります」と答えた。それを聞いた騎士は「あ、俺も！　俺も探ります！」とあわてて右手をあげる。

案内役の青年二人は扉の前で立ち止まると、私だけ中に入るように伝えた。

「サラサのことは私に任せて。二人ともあとはよろしくね」

ブラッドと騎士を残して私が扉の先に進むと、白を基調とした豪華な部屋の中心に、サラサが座っていた。両隣に美形青年を侍《はべ》らすその姿はまるで女王のようだ。

ハーレムってこういう感じ？　あ、サラサは女性だから逆ハーレムってやつ？

「お招きくださり、ありがとうございます」

「来てくれて嬉しいわ」

サラサはフフッと微笑むと「そのドレス、とっても似合っているわ」と私のゴスロリ姿を喜んだ。

サラサ……この女、正直に言って、ものすごく気持ち悪いわね。

外見だけで人を判断するところや、気に入った人間をペットのようにコレクションするのも気に入らない。ねっとりとした視線も気持ち悪いし、相手の好みも考えずに着せたいドレスを送りつける神経もわからない。

証拠が見つからなくても、今すぐボコボコにしたいわ。でも、それができないのは、サラサが黒いモヤをかき消すほどの善行を行っているから。悔しいけど、彼女の周りの空気はキラキラと輝き澄んでいる。

サラサに言われるままに、私は豪華なティーセットが置かれたテーブルについた。ここで二人だけのお茶会を開くようだ。サラサの側に侍っていた美形青年達が、笑みを浮かべながらカップにお茶を注ぐ。

横目で首輪の石の色を確認すると二人とも黄色だった。

そういえば、銀髪騎士は『俺は三番』と言っていた。じゃあこの二人が、サラサのお気に入りランキングの一番と二番なのかしら？

この場で出されたお茶を飲む気にはなれない。何が入っているかわかったものじゃない。私は熱いお茶を少しずつ冷ましながら飲んでいるふりをした。

サラサは優雅にカップに口をつけながら、「あなたのこと、アルって呼んでいい？」と上機嫌に聞いてくる。

「お好きにどうぞ」

私がそう答えると、サラサは「本当に綺麗な黒髪」とうっとりした。

「ねぇ、アル。あなた、クリスと結婚したけど、彼に嫌われているでしょう？」

残念ながらそれは事実なので「はい」と答えると「そうよね」とサラサはつぶやく。

「だって、クリスは前妻のこと大好きだもの。生前は、わたくしにも何度も治療依頼がきていたわ」

「治療されたのですか？」

サラサは人差し指をアゴに当てると「んー」と言いながら少しだけ首をかしげた。

「治療したけど、しなかったわ」

「それは、どういう意味ですか？」

「彼、息子がいるでしょう？　あのときは、まだ赤ちゃんだったけど、クリスの息子だもの、大きくなったら綺麗になるのはわかっていたから、十六歳になったら息子をわたくしに仕えさせるように言ったの。そしたら、断られて」

クリスはノアを守ってくれたのね。愛する妻を救うために息子を差し出せというなんて、この女はどこの魔王なんだと言いたい。

「クリスって本当に薄情よねぇ。奥さんを助ける機会を自分で捨てちゃったんだから。だから、わたくしも、それなりの治療をさせてもらったの」

「それなり？」

サラサは「フフッ、ここだけの話よ。あのね、少し治療したけど、わざと完治はさせなかったの」とバチンとウィンクした。

この女……。つい不快感が顔に出てしまう。

「やだ、アルってば、そんな怖い顔しないで！　白魔術を使うのは大変なのよ。使いすぎると衰弱して死ぬことだってあるんだから」

私は表情を戻してから「そうなのですね」と淡々と返した。

「そうなのよ。わかってくれて嬉しいわ。それにしても、クリスは本当にひどいわ。妻が亡くなったら、お金ほしさにあなたと再婚だなんて、顔がよくても浅ましい男は嫌ねぇ」

サラサはハァとため息をついたあとに、私にねっとりとした瞳を向けて微笑みかけてきた。

「アル、もう大丈夫よ。わたくしがクリスからあなたを助け出してあげるわ」

この女、脳みそ大丈夫かしら？

私はクリスほどいい人に会ったことがない。クリスに嫌われているのは仕方がないにしても、嫌っている私にすらクリスは、表面上は笑顔で優しく本当の家族のように接してくれている。

偽善といえばそれまでだけど、たとえ偽善でも、あの実家のひどい状況から以前のアルデラを救い出してくれたのはクリスなのだから感謝しないはずがない。

あと、サラサにノアを渡さなかったことにもとても感謝している。

サラサが小さく右手をあげると、美形青年の一人が例の首輪を持ってきた。中心部には、黄色の宝石がついている。

「アル、これをつけて」

美形青年から首輪を受け取ると、魔力の流れを感じた。

この首輪、魔道具だわ。魔道具にはサラサの魔力が流れている。

私が「これをつけたら、どうなるのですか？」と尋ねると、サラサは「つけたら、アルはわたくしのものよ」と微笑んだ。

この首輪をつけたら、サラサと主従関係になるのね。どれくらい強力な主従関係なのかしら？

サラサを取り巻く美形青年を見る限り、意識を奪われたり行動を操作されたりはしないようだ。

私がそっと首輪を自分の首に当てると、白銀の首輪がスルリと首に巻きついた。そのとたんに、針で刺されたようなわずかな痛みが走る。

私の魔力に、サラサの魔力が刺さった？

正確には魔力を少し吸われたような感覚だった。

この首輪、魔力を吸うの？

吸われた魔力は、もちろんサラサの元へ流れていく。

魔力は、言い換えれば気力や精神力ともいえる。魔術を使えない人でも必ず持っているけど、長い間、強制的に大量に魔力を奪われ続けると、最悪、衰弱して死んでしまう。

あれ？　サラサは、さっきなんて言っていた？

――白魔術を使うのは大変なのよ。使いすぎると衰弱して死ぬことだってあるんだから
この女、もしかして、高度な白魔術を使うために、首輪をつけた人間から魔力を奪って何人も衰弱死させてきたの？

ゾッと背筋が寒くなる。

銀髪騎士が言うには『黄色い石をつけたメンバーはほとんど変わらない』と言っていたので、魔力を大量に奪うのは青い石をつけた人間からのようだ。

青い石をつけたメンバーが入れ替わるのは、その人達が大量に魔力を奪われて死んだから……。

これならサラサから出る禍々しい黒いモヤの説明がつく。でも、白魔術師のサラサは、魔術で他人に害を与えることができない。そのできないことをできるようにしているのが、この魔道具の首輪だ。

おそらく、この首輪をつけると『サラサに自分の魔力を捧げます』と契約したことになるのね。

白魔術は回復や癒やすことしかできないという根底にあるルールはだれにも変えられない。でもこの魔道具を使うことにより、魔力提供の許可を受けた人物から、自身の魔力を回復するために魔力を分けてもらっているというこじつけならできないこともない。

でも、これは私の想像であって、真実ではないわ。自分の首についた首輪に私はそっとふれた。青い石がついた首輪が手に入れば真実がわかるかも？

私は、わざとフラッと身体を傾けた。

「どうしたの？」

すぐに心配そうなサラサの声がする。

「申し訳ありません。急にめまいが。少し疲れたようです」

サラサは椅子から立ち上がると、そっと腕を伸ばして私の頬にふれた。サラサにふれられた頬が、じんわりと温かくなっていく。それとともに、エネルギーを注がれたように身体が軽くなった。これが白魔術なのね。

手を離したサラサは「これでもう大丈夫よ。でも、今日はゆっくり休んでね。あなたの部屋へ案内するわ」と言いながら、私の黒髪を優しくなでた。

この優しさが平等で本物だったら、サラサはまさしく聖女なのにね。

サラサのお気に入りの美形青年の一人に部屋へと案内された。扉を開けるとその先にはメルヘンな空間が広がっている。

たっぷりのレースがついた黒いカーテンや、リボンまみれのベッドを見て、私はため息をついた。

　サラサの私のイメージっていったい……？

　しばらく部屋で大人しくしていると、ノックの後にブラッドと銀髪騎士がそろって入ってくる。

　ブラッドに「アルデラ様、ご無事で？」と確認されたので、私はうなずきながら「そっちはどうだった？」と聞き返した。ブラッドは指でメガネを押し上げる。

「アルデラ様の指示通り、ここを辞めて行った者について聞き込みをしました。多くの者が体調不良だったそうです。仕事中に倒れた者もいたようで。辞めたあとに亡くなったというウワサも流れています」

「なるほどね」

　サラサが魔道具の首輪を使って魔力を奪っていることは間違いないようね。

「この首輪は魔道具よ。サラサは首輪をつけた者から魔力を奪うことができるわ。黄色い石の首輪をつけた者は愛玩《あいがん》用。青い石の首輪をつけた者は、サラサの魔力の供給源として飼われているようね」

　銀髪騎士が「……は？」と声を漏らした。

「ちょっと待ってくれ！　青い石は……なんだって？」

　ブラッドが「アルデラ様に無礼な口を利くな！」と注意したけど、騎士はそれどころではないようだ。

「お願いだ、もう一度、言ってくれ！」

私は「青い石の首輪をつけた者は、サラサから魔力を奪われているわ。魔力は一度に多く奪われると衰弱死してしまうことがあるくらい危険よ」と言葉を繰り返す。

騎士は「は、はは……」と乾いた声で笑ったあとに「あのクソ女ぁあ‼」と大声で叫んだ。

私が「どうしたの？」と尋ねると、騎士は怒りで顔を赤くして頬を痙攣《けいれん》させる。

「あの女、俺の妹を治療したあとに、これはお守りよ。体調を安定させるわっつって、この首輪を妹にも渡してるんだ！　しかも、青い石のやつを‼」

「あなたの妹もこの首輪をつけているの？」

「ああ、そうすれば体調がよくなるって、あのクソ女に言われたんだよ！」

「落ち着いて。妹さんは無事なの？」

荒い呼吸を繰り返しながら騎士はうなずいた。

「……手紙のやりとりをしている」

「だったら大丈夫よ。妹さんに首輪をつけさせたのは、たぶん、あなたが逃げようとしたときの人質にするためだわ」

安堵からか、騎士は肩を落として深いため息をついた。

「あのクソ女だけは許さねぇ……殺す」

騎士の周りに殺意という名の黒いモヤが広がっていく。腰の剣に手をかけ、今にも部屋から飛び出していきそうな騎士を私は制止した。

「少し落ち着きなさい。王宮お抱えの白魔術師を殺したら、あなたも妹さんも、ただではすまないわ」

騎士はグッと言葉に詰まる。

「だったら、アンタはあの女をどうするつもりなんだよ⁉」

「それはもちろん」

私は、あくどく見えるように瞳を細めて口端を上げた。

「私がサラサの飼い主になって、しっかりと躾《しつ》けてあげるのよ」


その日の夜、私の部屋の扉が開き、複数の人が入ってくる気配がした。

私がベッドの上で上半身を起こすと、侵入者は悪びれもせず部屋の明かりをつけた。そこには、サラサとサラサに侍っていた二人の美形青年が立っていた。

サラサは語尾にハートマークをつけるかのように、ねっとりと私の愛称を呼ぶ。

「アル」

ゾクッと私に悪寒が走った。

「ねぇ、わたくし達、もっと仲よくなれると思うの」

そうささやきながらサラサはベッドに近づいてくる。

まさか、本当に向こうからくるなんて……。

銀髪騎士に『夜になったらサラサがこの部屋にくると思います』と言われていたけど正直、半信半疑だった。

近づいてきたサラサは、「可哀想に。クリスとは白い結婚なのでしょう？　クリスが教えてくれなかったこと、私がアルにたくさん教えてあげるわぁ」と怪しい笑みを浮かべている。

私が美形青年二人を指さし「後ろの人達は？」と尋ねると、サラサは「今日は、みんなで一緒に楽しもうと思ってぇ」とウィンクした。

思わず深いため息が出てしまう。

「完っ全にアウトよ！」

私がそう叫ぶと、クローゼットに隠れていたブラッドと銀髪騎士が飛び出し、素早く美形青年達を取り押さえた。

サラサは「なぁに？」と言いながら少しもあせる様子を見せない。

「わたくしに歯向かうということは、王家に歯向かうということになるのよ？　それに……」

サラサの身体が一瞬、白い光に包まれた。

「ふふっ、白魔術だって魔力量さえ多ければ、こんなこともできるんだから」

白い光がブラッドと銀髪騎士に流れていくと、二人は急に苦しみだす。

「なるほどね。癒やす必要のない人を、強制的に癒やし続けて身体に不具合をおこさせているって感じかしら？　その方法で、この騎士の妹さんも苦しめて治すふりでもした？」

私はベッドから下りると黒魔術セットを入れているバスケットを開いた。そして、緑の髪束を取りだしそのまま黒魔術を発動させる。

「サラサの魔術を封じて」

髪束が勢いよく黒い炎に包まれると、白い光が徐々に弱くなっていく。サラサはゆっくりと私を振り返った。

「なぁに？　何をしたの？」

「私の黒魔術であなたの白魔術を一時的に封じたわ」

サラサはとてもおかしそうに笑い声を上げた。

「卑しい黒魔術では、高貴な白魔術を封じることなんてできないわ。わたくしが今までいったいどれほどの人助けをしてきたと思っているの？」

「そうね、黒魔術では穢れのない魂を呪い殺すには、とんでもない代償が必要になるわ」

「そうでしょう？　見て。私の周りの輝きを」

サラサは両手を広げた。彼女の周りの空気はキラキラと輝いている。

「わたくしは、何も悪いことはしていないわ。ただ、行った善行と同価値の褒美をもらっているだけ。この輝きがその証拠よ」

私は「本当に同価値かしら？　うまく騙して相手に気づかせていないだけじゃない？」と少し首をかしげた。

「同価値よ。だって、わたくし、だれにも恨まれていないもの。だれも私を疑わないわ」

「なるほど、死人に口なしってことね」

その言葉に同意するように、ニィと悪魔のようにサラサは微笑む。私はあらかじめ身につけていた、真紅の宝石のアクセサリーにふれた。このアクセサリーは魔術の増幅効果があり、黒魔術の代償としても使える魔道具だ。これを使って広範囲で黒魔術を発動させる。

「サラサに魔力を奪われて亡くなった人達を実体化して」

パキパキと赤い宝石が割れる音がする。砕け散った宝石は床に落ちると黒く激しい炎に包まれた。燃え盛る黒い炎はバチッと弾けて勢いよくあちらこちらへ飛んでいく。

その炎の一つが、私の部屋の床に黒い焼け跡を作ったかと思うと、そこから黒いモヤに包まれた青年が現れた。

しばらく、ぼうっとしていた青年は、サラサを見つけるとニコリと微笑みかけた。

『サラ、さ、様』

サラサの眉がピクリと動いた。

『なんだか、最近、体調が悪いの、です』

青年はフラフラしながらサラサに近づいてくる。

『サラサ様、愛しています。飽きたなんて言わないで。私をまたお側においてください』

そうささやく青年の首には、青い石の首輪がついている。サラサのお気に入り男達は、青年を見て「お前、死んだはずじゃ……」と声を漏らした。

「なるほど、そう言うってことは、あなた達はサラサが何をしていたのか知っているのね？」

私が微笑みかけると、美形青年達は顔を青くしたけど、サラサは顔色一つ変えなかった。

「これ、なぁに？　子ども騙しね」

サラサからあふれ出る白い光とともに、黒いモヤに包まれた青年は消えた。

「こんなことで、わたくしを脅したつもり？」

私は「しっ、静かに」とささやくと、人差し指を自身の唇に当てた。静まり返った室内の外から、複数の悲鳴や何かが割れる音が聞こえてくる。

「なに？　アル、何をしたの!?」

「何って、今の見ていたでしょう？　私の黒魔術で、あなたが魔力を奪って殺した人達全員を実体化したのよ。この翡翠宮中に今の青年のような死者があふれ返っているわ。さて、みんな、あなたのことどう思っているのかしら？　すべての人が、さっきの青年みたいに死ぬ直前まで騙されてあなたを愛してくれていたらいいわね」

ここまで規模が大きければ、サラサは自分の魔力だけで対処できず、他人から魔力を奪うかもしれない。それは予想通りで、さすがに顔色を変えたサラサは、あわてて胸元からネックレスを取りだした。そこには首輪と同じような、黄色と青い石がついている。

「ブラッド、あれを奪って」

「はい！」

素早く飛び出したブラッドは、サラサのネックレスを思いっきり引っ張った。悲鳴とともに体勢を崩したサラサの首から、ブラッドはネックレスの鎖部分だけを器用に剣で切るということをやってのける。

次の瞬間には、サラサがつけていたネックレスは、私に捧げられていた。

「どうぞ、アルデラ様」

ブラッドからネックレスを受け取ると、サラサは「返しなさい！」と叫んだ。

「ふーん、これですべての首輪の魔道具をコントロールしていたのね？」

私がネックレスに自分の魔力を注ぐと、黄色と青色の石が真っ黒に染まっていく。

しばらくすると、パチンと音がして私がつけていた首輪が取れた。床に落ちた首輪の石も黒くなっている。もしかすると、サラサに首輪を与えられていた人達全員の首輪が一斉に取れたのかもしれない。

気がつけば、サラサを取り囲むキラキラした空気が、黒いモヤへと変わっていっている。そのモヤには、サラサへの恨みや憎悪が見て取れた。

「あなたの悪事、順調に広まっているみたいね」

サラサが「あ、ああ」と視線を彷徨《さまよ》わせて、すがるように美形青年達を見たけど、首輪が取れた美形青年達はサラサを助けようともせず逃げ出そうとしたので、銀髪騎士が二人を殴って気絶させた。

「さて、サラサ」

私が声をかけると、サラサはガクガクとふるえながら床に座り込んだ。

「あなたは、もう他人から魔力を奪えないけど私と戦ってみる？」

青い顔をしたサラサは、無言で首を左右に振る。

「そうね、今の穢れた魂のあなたなら簡単に呪い殺せてしまうから、そのほうが賢明ね」

私はサラサの目の前に、石が黒くなってしまったネックレスを突きつけた。

「この魔道具、どこで手に入れたの？」

　質問の意味がわからないようでサラサは少し首をかしげる。

「この魔道具がなければ、白魔術師であるあなたはここまで人を殺《あや》めることはできなかったはず。あなたの罪はとても重いわ。もちろん、償ってもらう。でも、この魔道具を作った人物の罪も見逃せない」

「それは、陛下の……」

「陛下？」

　すっかり大人しくなったサラサは、ハッと自身の口を両手でふさいだ。

「陛下ってことは、この国の国王ね？　陛下の何？」

　黙ってうつむくサラサの首に、それまで私がつけられていた首輪をつけようとしたら、嫌がって暴れたので、サラサはブラッドに取り押さえられた。

　私は「まったく……自分がされて嫌なことを、人にしたらダメでしょう？」と言いながら、サラサの首に首輪をつけた。ついでに気を失っている美形青年二人の首にも取れてしまった首輪をもう一度つけておく。

「この二人には、あとから事情を聞きましょう」

　どこまでサラサの悪事に加担していたかによって、二人への対処は変わってくる。

「わ、わたくしをどうするの？　こ、殺すの？」

　その言葉に銀髪騎士が「当たり前だろう！」と怒鳴ったけど、私は首を振った。

「残念だけど、今は殺さないわ。サラサに魔道具を渡したやつ、そして、サラサの白魔術を利用して甘い汁を吸っていたやつらが必ずいる。サラサをエサにそいつらを全員引きずり出すのよ。でも、まぁあなたの被害者の怒りは収まらないわね」

私は銀髪騎士に、黒い石がついたネックレスを手渡した。

「サラサはあなたの好きにしていいわ。何をしてもいい。ただし、命だけは取らないで」

ネックレスを握りしめた銀髪騎士がサラサをにらみつけると、サラサは「ひっ」と悲鳴を漏らした。

「俺の妹が病気になったのは、お前のせいか？」

サラサはふるえながらうなずく。

「どうしてそんなことをした⁉　答えろ！」

「あ、あなたが、ほしくて……」

「俺を手に入れるために？　そんなくだらないことのために、妹を苦しめたのか⁉」

「ご、ごめんなさい！　ごめんなさい！」

銀髪騎士は苦しそうに右腕を振り上げた。しかし、振り上げた腕はいつまでも振り下ろされない。

「クソッ、殺してやりたいくらい憎いが、この女を痛めつけても妹は喜ばない。反抗できない人間を自分の思い通りにするようなクソ女と、俺は同類にはなりたくない！」

そう叫ぶと銀髪騎士は、ネックレスを私に返した。

「甘いわね。私だったらサラサをボコボコにするのに」

私がため息をつくと、騎士は「……俺は役に立ちませんね。アルデラ様に相応しくない」とうなだれた。

「そういえば、あなた、名前は？」

騎士は力なく「コーギルです」と名乗った。

「コーギル、あなたを雇いたいわ。ちょうど人手が足りなかったの」

勢いよく顔を上げたコーギルに私は微笑みかけた。

「私とブラッドは少し過激だから、あなたみたいな人もいてくれたほうがいいと思うわ」

「やったー！」と喜びながら、私に抱きつこうとしたコーギルを、ブラッドが側面から蹴り飛ばした。

脇腹を痛そうに押さえて床に転がっているコーギルを見下ろし、ブラッドはメガネを指で押し上げる。

「私はアルデラ様の忠臣ブラッドだ。アルデラ様は我が友クリスの妻。アルデラ様に気安くふれることは許さん」

「あ……はい。すんません、ブラッド先輩……」

ブラッドに痛めつけられた記憶が蘇ったのか、コーギルは青ざめながら素直に従った。

「二人とも遊んでないで、まだやることが……」

ズキッと頭痛がしたかと思うと、視界が悪くなり身体がふらつく。

「やることが……たくさん」

「アルデラ様！」と名前を呼ばれたけど返事ができない。

しまった、黒魔術を使いすぎたんだわ。いくら魔道具で魔力を増幅していたとはいえ、翡翠宮全体に黒魔術を発動させたのはやりすぎだったみたい。

私は痛む頭を押さえながら急いで指示を出した。

「ブラッド、使用人を集めて。宮殿の騒ぎを収めて……私は大丈夫。少し、寝るわ」

プツッと何かが途切れるように目の前が暗くなった。

＊

気がつくと、私は和室に置いてあるテレビの前にいた。

私、前にも、こんな夢を見たことがあるわ。

以前見た夢では、テレビ画面に着物を着て刀を構える侍達が映っていた。しかし、今回の夢では、テレビ画面には私が映っている。

テレビの中の私は、黒魔術を使い悪者退治をしていた。その画面を一生懸命、食い入るように観ている少女がいた。

「いけ！　そこよ！　やったー！」

どこかで聞き覚えのある声。どこかで見たことがあるような後ろ姿。そして、和室によく似合うその黒髪。

「もしかして、あなた……」

＊

黒髪の少女がこちらを振り返る前に目が覚めてしまった。

いつの間に運ばれたのか私はベッドの上で横になっていた。起き上がろうとしても身体が重く起き上がれない。仕方がないので横になったまま夢について考えた。

今のはもしかして、本物のアルデラ？

ただの夢だとわかっている。でも、もし消えたはずのアルデラの魂が、少しでもこの世に残っているのなら、このやり直しの人生でノアだけではなく、今度は彼女にも幸せになってほしいと願ってしまう。

私が大好きな時代劇の終わりは、いつも大団円なのよ。悪者が倒されて、すべての善人が幸せにならないといけないわ。

そんなことを考えていると、静かに部屋に入ってくる人の気配がした。

小声で「アルデラ様、丸一日寝たきりで起きませんね」と聞こえてくる。

「元から身体が丈夫な方ではないからな」

声がするほうを見るとブラッドとコーギルが水や食事を運んでいるところだった。

「そういえば、ブラッド先輩。アルデラ様の寝顔、見ました？」

「は？」

突拍子もない話にブラッドはもちろん私も驚いた。

「すっごい可愛いっすよ。なんか、アルデラ様って起きているとき、女王様っぽいつーか、なんというか。ものすごく強いイメージあるじゃないですか？　寝顔、超天使っすよ」

「お前、主になんてことを……」

「いいから、一回だけ見てください！　本当に、本当に可愛いっすから！」

「そんな無礼なことできるか!?　ちょっ、やめろ！　急に押すな！」

体勢を崩したブラッドがベッドの端に手をついたとたんに、横になっている私と視線が合った。

「あ」と小さくつぶやいたブラッドは「申し訳ありません！」と勢いよく頭を下げる。その後ろでコーギルが「アルデラ様ったら、起きたなら起きたって言ってくださいよー」と口をとがらせた。

「どうしてあなた達が給仕をしているの？　メイドは？」

その問いにはブラッドが答えた。

「ここはまだ、翡翠宮内です。念のため、アルデラ様のお世話は私達がしたほうがいいと判断しました」

コーギルは、「でも服は、ちゃんとメイドに着替えさせてもらいましたよ」と自慢げだ。

「ブラッド。あのあと、どうなったの？」

サラサから主導権を奪ったものの、私は途中で気を失ってしまった。

「アルデラ様がお眠りになったあと、サラサを使って使用人達を落ち着かせました。アルデラ様が、『サラサをエサに、さらなる大物を釣る』とのことでしたので、私達の存在を隠しウソの情報を流しました」

ブラッドの言う通りで大物を釣るには、サラサには今まで通り王宮お抱えの白魔術師でいてもらわなければならない。

「使用人達には、昨夜の出来事は王家にたてつく魔術師からの攻撃と説明し、サラサとサラサの取り巻きの男二人には、いつも通り振る舞うように指示しました。首輪をつけられているせいか、今のところ三人とも大人しくしています」

「相変わらず優秀ね」

「恐れ入ります」

こんなにも優秀な人材がいるのに、時間を巻き戻す前の世界線では、どうして伯爵家は没落して息子のノアを殺されてしまったのか。

サラサが持っていた魔道具を作った人物について尋ねたら『陛下』と言っていた。もし、伯爵家の敵、ノアを殺す犯人が王族だとしたら、いくらブラッドが優秀でも、一人では事件を防ぐことはできない。

「コーギル、水を飲ませて」

コーギルが背中を支えて私の身体を起こし、水を飲ませてくれた。渇《かわ》いた喉《のど》が潤《うるお》う。でも身体のだるさはまだ取れていない。

「もう少しだけ休むわ」

目を閉じるとすぐに眠ってしまった。

今度は、夢は見なかった。


私は薄暗い室内のベッドの上で目が覚めた。

サラサの用意した部屋には窓がない。そのためか、この部屋にいると、なんだか息苦しさを感じてしまう。

窓はあったほうがいいわ。

伯爵家でクリスが用意してくれた部屋には大きな窓があった。窓を開けると心地よい風が吹き、どこからか花の香が漂ってくる。

クリスは、アルデラにいい部屋を与えてくれていたのね。

そう思うとクリスの指に噛みついたことが、今さらながらに申し訳なく思えてきた。今度からは、噛みつかない方法にしましょう。

私がベッドから上半身を起こすと、部屋の隅で座って待機していたらしいブラッドが立ち上がった。

「大丈夫ですか？」

「大丈夫よ。私は何日、寝ていたの？」

「アルデラ様は、丸二日間眠っていました。今は、翡翠宮に来てから四日目の朝です」

アルデラが「待たせてごめんなさい」と謝ると、「とんでもありません！」とブラッドは勢いよく首を左右に振った。

私は二日も寝ていたのね。ノアとセナが心配しているかも……。

「一度、伯爵家に帰るわ」と伝えると、ブラッドも「そのほうがいいと思います」とうなずく。

「そういえば、あなたの夢に出てくるノアを殺害する犯人だけど、サラサの声はどうだった？」

ブラッドは迷いなく「やはり違いますね。サラサはノア坊ちゃん殺害の犯人ではありません。夢の中の女の声はもっと甲高かったです」と答えた。

「そう……」

サラサが犯人だと話が早かったけど、そう簡単にはいかないようね。

「ブラッドは、このまま翡翠宮に残ってサラサを監視して。そして、サラサと繋がりのある人物をすべてリストアップしてほしいの」

「わかりました。しかし、アルデラ様、お一人で大丈夫ですか？」

「そうね、念のためコーギルを護衛に連れていくわ」

ブラッドは一瞬、不安そうな顔をしたけど何も言わなかった。

「ブラッド、メイドを呼んでちょうだい。着替えとお風呂を頼みたいの」

「はい」

礼儀正しく頭を下げたあとにブラッドは部屋から出ていった。しばらくすると、翡翠宮に仕えるメイド二人が現れた。彼女達の首には首輪が付いていない。

「首輪……じゃなくて、首飾りはどうしたの？」と尋ねると「それが、急に取れてしまって」と困惑していた。

私がサララサの魔道具を奪ったときに、彼女達の首輪も取れたのね。

「サラサのこと、どう思う？」

私の質問にメイド二人は顔を見合わせた。

「その、ここだけの話ですが、二日前ほどから翡翠宮内でサラサ様について、おかしなウワサが出回ってしまって……。魔力を奪っているとか、ここで働いていたら、いつか殺されてしまうとか。サラサ様に殺された人の幽霊が現れたとか」

それを聞いたもう一人のメイドは驚いて声を上げた。

「えー!?　私は、それはサラサ様を狙った悪い魔術師からの攻撃だったって話を聞いたわよ？」

「そうなの!?　でも、そうよね。白魔術師のサラサ様がそんなひどいことするはずないもんね」

メイド達の会話を聞く限り、ブラッドはサラサの悪行をうまく誤魔化せているようだ。

そのあと、メイド達はテキパキとお風呂の準備をして、私の身支度を手伝ってくれた。しばらくすると、全身鏡の中には、黒いレースやフリルがたくさんついたドレスを着た私が映った。

また、ゴスロリ……まぁいいわ。もう帰るだけだから。

メイド達にお礼を言うと、私は伯爵家から持ってきたバスケットを手に持った。部屋の外に出て、ブラッドとコーギルに声をかける。

「じゃあ、ブラッド、あとのことはよろしくね」

「はい」

歩き出すと、コーギルが私を抜き去り前を歩き出した。

「馬車までご案内します」

「何だか雰囲気が変わったわね」

前はもっと軽薄そうな雰囲気だったし、態度も口も悪かった。

コーギルは、「心を入れ替えました……というより、ブラッド先輩にアルデラ様に無礼な口を利くなってしごかれました」と肩を落とした。

「よかったじゃない。そっちのほうがいいわ」

「そうですか⁉」

嬉しそうなコーギルにつられて私も微笑むと、コーギルは「おお」と驚いた。

「アルデラ様、笑ったほうが可愛いっすね！」

「あのね……そういうのはやめて」

ほめられ慣れていないので、居心地が悪くて仕方ない。

「あ、すんません。俺、王宮騎士団時代から今まで、女性の機嫌を取るのが仕事みたいなもんだったので」

コーギルの言葉に、王宮騎士団の闇を感じてしまう。

「じゃあ、これからはしなくていいわ」

「はい！」

終始ご機嫌なコーギルと一緒に伯爵家まで戻り馬車を下りると、ノアが飛び出してきた。

「アルデラ姉様！」

ぎゅっと腰辺りに抱きつかれる。

「おかえりなさい！　ずっと待っていました！」

大きな青い瞳をキラキラと輝かせながら、そんな嬉しいことを言ってくれる。

「ただいま、ノア」

優しく頭をなでるとノアはニッコリと微笑んだ。その少し後ろにはセナが待機している。セナは約束通りちゃんとノアを守ってくれているのね。

たった三日外泊しただけなのに、久しぶりに帰ってきたような気がしてしまう。

ノアをなでながら「クリス様は執務室かしら？」と尋ねると、可愛い笑顔とともに「はい！」と元気な声が返ってくる。

「挨拶に行くわ」

「ぼくも扉の前まで一緒に行きます！」

「じゃあ、そうしましょう」

ノアと手を繋ぎながら歩いていると、その後ろをコーギルが「俺はどうしたらいいですか？」と言いながらついてきた。

「あなたも一緒に来て。この家の当主にあなたを紹介するわ」

「伯爵様にご挨拶ってことですね」

三人でクリスの執務室に向かい、扉の前でノアと別れた。扉をノックして中に入ると、そこには、いつもと変わらない穏やかなクリスがいた。

「おかえり、アルデラ」

優しく声をかけられると、本当は私のこと嫌いなくせにと少しだけ心が荒む。

私はクリスに向かって会釈してからコーギルを振り返った。

「クリス様。彼はコーギル。サラサの護衛騎士でしたが、私の護衛騎士になることになりました」

クリスは何度か瞬きすると、「そう」と驚きを隠せない様子で答えた。コーギルは礼儀正しく礼をする。

「コーギルと申します。美しいアルデラ様にお仕えできて光栄です」

私は「そういうのはやめてって言ったでしょう」と苦情を言いながら、笑顔のままでコーギルの足を踏む。

「いててっ、すんません！」

「もう！　コーギルは出ていきなさい！　伯爵家のみんなに挨拶するのよ！」

「はーい」

「はぁ……。少しは落ち着いたと思ったのに、まだまだ問題があるわね……」

ブツブツと文句を言っていたら、クリスに「彼と仲がいいんだね」と微笑まれた。

「仲がいい、ですか？」

「うん、そう見える」

「でしたら問題がありますね。今度ブラッドに会ったらコーギルをもっと厳しく教育してと伝えないと……」

「君はブラッドとも仲がよさそうだ」

「はい、彼は優秀なのでよく仕えてもらっています」

クリスは執務机に肘をつくと、頭を押さえながら小さなため息をついた。「私は何を言ってるんだ？」と戸惑うようなつぶやきが聞こえてくる。

なんだかクリスの様子がおかしい。もしかして、私がクリスにかけた主従契約の黒魔術が解けかかっているのかも？

クリスの指を噛んで無理やり血の契約を押しつけてから、まだ一週間ほどしかたっていないのにもう効果が切れたの？

血の量が足りなかったのか、クリスの拒絶する心が強すぎるのかはわからないけど、今のクリスが葛藤していることはわかった。

黒魔術が完全に解けたら面倒ね。

私は執務机を回り込みクリスの側に行くと、顔を近づけてその青い瞳をのぞき込んだ。クリスが驚き椅子から立ち上がろうとしたので、両肩をつかんで阻止する。

前はクリスの安否を知るためだけだからと、少しの血で契約したのがいけなかったのね。今度は、どこまで黒魔術をかける？　クリスの自我がなくなるほどは危険よね？

　前はクリスの指を噛んでしまったので、今度は自分の指を執務机の上にあったペン先で刺した。チクッとした痛みとともに玉のように血があふれる。

　私はその指をクリスの口元に持って行った。

「舐めなさい」

　完全に契約が切れていなければ、多少の命令は聞くはず。しかし、クリスは固まってしまい動こうとしない。

　手遅れだったのかしら？

　仕方がないのでクリスの腕をつかむと、その綺麗な指に噛みついた。

「いたっ！」

　クリスの痛がる声とともに血があふれてくる。その血を舐めながら、すでに血が出ている自分の指を無理やりクリスの口内にねじ込んだ。二人の血を代償として黒魔術を発動させる。

　主従関係の強制は魅了に近いから、身体の接触や血や粘膜接触が手っ取り早いのよね。

　もしクリスと私が本当の夫婦だったら、キスでもしてしまえば、もっと強力に黒魔術をかけることができる。

　あ、でも、魅了は好意を持っている相手からかけられても効果がないんだった。私はクリスに嫌われているから関係ないけど。

　クリスを見ると、眉をひそめながら頬を真っ赤に染めていた。赤い顔のままクリスは私の腕をつかむと、口から私の指を引き抜く。

「アルデラ、どうして、こんなことを？」

その声には戸惑いと、かすかな怒りが見えた。

主に口答えするなんて……。クリスの魂は綺麗だから、黒魔術が効きにくいのかもしれない。

仕方がないわ。

私はそっと腕を伸ばしてクリスの頬にふれ、さらに顔を近づけた。彼の青い瞳が大きく見開く。

「どうしてこんなことをするかって？　すべてはノアを守るためよ」

「ノア、を？」

「そう。だから、犬に咬《か》まれたと思ってあきらめなさい」

問答無用にクリスの唇を奪った。キスをすると思うと恥ずかしいけど、黒魔術をかけるためと思えば不思議と少しも恥ずかしくない。

クリスは拒絶するように全身を強張らせて固まってしまっている。それでも唇を押しつけていると、少しずつクリスの身体から力が抜けていった。

そっと唇を離し、クリスの顔をのぞき込むと、青い瞳はトロンとし熱を帯びている。

ようやく、黒魔術がかかったわね。

私が満足そうに微笑むと、クリスは口元を手で隠し横を向いた。耳や首が真っ赤に染まっている。

さてと。ここからが本題ね。

顔を赤くしながらこちらを見ようとしないクリスに私は語りかけた。

「ノアを守るためには、犯人捜しをしなければいけないの。これからは、たくさん人が集まる場所に参加できるようになりたいわ」

今の伯爵家は、金の切れ目が縁の切れ目とでも言うように、人との交流がなくなってしまっている。長い間、社交の場にも顔を出していない。

「人脈はサラサがすでに持っているものを利用する。だから、クリス様には、伯爵家とサラサが親しくなる口実を作ってほしいの」

クリスは戸惑いながらも「口実？」と、私の言葉を繰り返した。

「そうね……たとえば、医療関係の事業を始めるとか？　開業資金は援助するわ。とにかく私やブラッド、伯爵家の人達がサラサの翡翠宮に頻繁に出入りしてもおかしくない状況を作りたいの」

クリスは真剣な顔で「医療関係の事業……」とつぶやく。

「私には、君がどうしてこんなことをするのか見当もつかない」

「そうやって、また私を拒絶するの？　あなたに拒否権はないわ。従うまで何度でもくり返すだけ」

私があきれて顔を近づけると、クリスはまた顔を赤くした。

「いや、従うよ。君がノアのために一生懸命だということだけはわかるから」

「そう。ならいいけど」

クリスは何か考えるように自身のアゴに手を当てた。

「その、君はこういうことをよくするの？　あまりいいこととは思えないのだけど」

質問の意味がわからず私が首を少しかしげると、クリスは「私以外にも、その、こういう取引を持ちかけるのかい？　ブラッドとか、さっきのコーギルとか……」と言いながら視線をそらす。

「私が？　ブラッドやコーギルに？　そんなことするわけないじゃない」

なぜなら、クリス以外は私のことを受け入れてくれたから。コーギルにはまだ銀のブレスレットを渡していないけど、おそらく拒絶反応は出ない。

こんな回りくどく面倒な主従関係の契約はできればだれともしたくないけど、クリスはノアを守るために必要なので仕方がない。

「あなたにしかしないわ」

そのとたんにクリスがなぜか嬉しそうに口元を緩めたので、私はまた首をかしげた。

「とにかく、あなたのやることはわかった？」

「ああ、わかったよ。白魔術師サラサが必要としそうなものの事業を始めて、君を社交界に連れていく……合っているかい？」

「そうよ」

私が黒髪をかきあげるとズキリと指先が痛んだ。ペンで刺した指は、まだ血がにじんでいる。

痛いのは嫌ね。これから、クリスにかけた黒魔術が切れそうになるたびに血を流すことになると思うとうんざりしてしまう。

「ねぇ、クリス様。これから、一週間おきに私に指を噛まれて血を流すのと、犬に咬まれたと思って私に口づけされるの、どっちがマシ？」

クリスは驚いて目を見開いたあと、「犬のほうがいいね」と言いながら苦笑した。

「そう、それはよかったわ」

クリスにそっと手を握られた。椅子に座っているクリスは、上目遣いでこちらを見上げている。青い瞳がまるで宝石のように輝いていた。

「アルデラ、君の言う通りにするよ。だから……」

クリスはゆっくりと私の手の甲に顔を近づけた。クリスの唇は、私の手の甲にふれそうでふれない。

「私以外の男に、決してこういう取引を持ちかけてはいけないよ？」

優しい言葉遣いなのに、なぜか抵抗できないような圧を感じる。

「……わかったわ」

私はクリスの手を振りほどくと、さっさと部屋から出ていった。自分の頬が少し熱くなっていることには気がつかないふりをした。


次の日、私は、昨日の執務室での取引など、なかったかのようにいつも通りに振る舞った。黒魔術が利いているようで、クリスも何も言ってこない。

そんな日が続き、あっという間に一週間がたってしまった。もうそろそろクリスにかけた黒魔術が切れてしまう。私はクリスの執務室を訪れると「クリス様、一週間がたったわ」と伝えた。

執務机を回り込み遠慮なくクリスに近づいていく。

「ちょっと、待った」

クリスが制止したので、私は首をかしげた。

「どうかしたの？」

「いや、どっちが本当の君なのかと思って」

「質問の意味がわからないわ」

私は腕を伸ばすと、クリスのアゴにふれた。そして、顔を近づけていく。

「アルデラ、待っ」

問答無用で唇を重ねた。その際にクリスの瞳をのぞきこんで黒魔術がかかっているか確認する。

唇を離すとクリスの顔は真っ赤になっていた。

「アルデラ、君が何をしたいのかわからない。でも、この口づけが好意によるものではないということだけはわかるよ」

クリスは本当に黒魔術がかかりにくい。私はため息をつきながら「クリス様、事業はどうなっているの？」と尋ねた。

「その件だけど、目星はつけたよ。伯爵家で事業をするというよりは、事業案を持ってきた商人に出資する、という形でもいいかい？」

「いいわ。なんなら事業が失敗しても問題ないわ。私がほしいのは、サラサの宮殿に出入りしても不自然ではない理由だけだから」

「まさか失敗してもいいと言われると思っていなかった」とクリスは笑う。

「伯爵家が今のように没落してしまう前は、たくさんの事業に出資していたんだよ。これでもマリア嬢が病気になるまではうまくいっていたんだ」

マリアはクリスの前妻で、ノアの母親だ。

「マリア嬢ってなんだか変な呼び方だわ。だって、マリア様はあなたの奥さんでしょう？」

その問いにクリスはなぜか答えない。私がクリスのアゴに指をかけながら、「答えるまで犬に咬まれれてみる？」と微笑みかけると、クリスはあわてて首を振った。

「その、マリア嬢は、本当は私の兄の妻なんだ。ノアは兄の息子だよ。いろいろ事情があって、書類上は私の妻と子どもということになっている」

予想外の答えに私は言葉を失った。

「それじゃあ、ノアはあなたの子どもじゃないの⁉」

うなずいたクリスは「正確には甥《おい》だ」と教えてくれる。

「でも、あなたはマリア様のことを愛していたんじゃ……？」

「私の兄が迷惑をかけた相手だから、ずっと申し訳なくは思っていたよ。私達の間に愛はなかった。マリア嬢も亡くなった兄を愛していたからね。ノアには黙っていてほしい」

そういうクリスはウソをついているようには見えない。

あれ？　じゃあ愛妻家のクリスは存在しなかったってこと？

私が混乱していると、何を思ったかクリスが私の髪をなでた。

「ねぇアルデラ。ノアを守るためには、一週間ごとに口づけが必要なんだよね？　その口づけは、私からしてもいいのかな？」

　にっこりと微笑みかけられて、私の頬は熱くなる。

「別に効果は同じだから、いいけど……急にどうしたの？」

「本当にどうしたんだろうね。ブラッドやコーギルが君の周りをうろついているのを見ていると、君の兄をやめたくなったんだ」

　私はその言葉を聞いてシルバーチェーンのブレスレットが拒絶反応で弾け飛んだことを思い出した。

「元から私のこと妹と思ってなかったくせに」

「君が倒れるまでは本当に妹のように思っていたよ。でも、目を覚ました君はまるで別人で……」

　別人という言葉に私は気まずくなった。クリスが妹のように思っていたアルデラはもういない。

「そう、だから私のことが嫌いなのね」

「嫌いじゃない」

　クリスはそう言ってくれたけど、彼は今、黒魔術で強制的に主従関係を強いられている。主に嫌われるような発言は決してしない。

「まぁそういうことにしておいてあげるわ」

　私の髪にふれていたクリスの手を払うと「事業のこと、よろしくね」と言い残して執務室をあとにした。

第五章　それぞれの片思い

episode05

私は自室で一人、まったりとお茶を飲んでいた。白魔術師サラサの翡翠宮から戻り、一か月ほどがたっている。

「順調ね」

黒魔術により主従関係を強いられているクリスは、私に言われた通り事業を始めてうまくいっているらしい。

「こんなに早く成果を出すなんて、クリス様って優秀だったのね」

時間が巻き戻る前は、借金で苦労しているクリスしか見ていなかったので、商才があるなんて思いもしなかった。

この商売はうまくいってもいかなくてもよかったけど、うまくいったほうが伯爵家にお金も入るからいい。お金が増えて困ることはないし、収入源は多いほうがいいものね。

サラサを見張っているブラッドからは、何度か報告書が上がっていた。サラサのだいたいの交友関係はつかめたらしい。「一度、翡翠宮に来てほしい」とも書かれている。

今なら私がサラサの宮殿に頻繁に出入りしても、夫の商売のためと言いわけができて黒幕に怪しまれないわね。私の計画はすべて順調……だけど。

あえて気になることを言うなら、クリスへの黒魔術がかかりすぎているような気がする。以前、クリスから『口づけは、私からしてもいいのかな？』と聞かれて以降、一週間ごとに彼は私の部屋を訪れてキスをする。

あれ、心臓に悪いのよね……。

あの整った神々しい顔が、優しい笑みを浮かべながら近づいてくると、どうしても動揺してしまう。

いやいや、キスだと思うからおかしいのよ！　これは、黒魔術の効果が切れないように重ねがけをしているだけだから！

どうしようもないので、この件に関しては、あまり深く考えないことに決めた。

私が気分を変えてテーブルに置かれたクッキーに手を伸ばすと、お茶のお代わりを入れてくれている若いメイドが暗い顔をしていることに気がつく。

「どうしたの？　元気がなさそうだけど？」

若いメイドは「あ、え？」とあわてたあとに「なんでもありません！」と言ったけど動揺しすぎて、ティーポットを取り落した。

「も、申し訳ありません！　アルデラ様、お怪我は⁉」

「私は大丈夫よ。それより、何かあったの？」

若いメイドはしばらくためらったあとに、「私が悪いんです……」と悲しそうに微笑んだ。

「私なんかが、コーギル様を慕っても、どうしようもないのに……」

「え？　コーギルって護衛騎士のコーギルのことよね？」

メイドは恥ずかしそうにうなずく。

「もしかして、コーギルに何かひどいことをされたの？」

メイドは「とんでもないです！」と言いながら首を振る。

「コーギル様は、とてもお優しい方です。私に会うたびに可愛いねってほめてくださったり、仕事を手伝ってくださったりしたので……その、私が不相応にも勘違いしてしまって……」

今にも泣き出しそうな顔を、メイドはうつむき両手で覆い隠した。

「私だけじゃなかったのに……。ただコーギル様は、皆にお優しいだけで……。恥ずかしいです」

メイドの姿がクリスに憧れていたころの自分の姿と重なる。私はそっとメイドの肩にふれた。

「少しも恥ずかしくないわ。ほめたり優しくされたりしたら、好きになっても仕方ないじゃない」

「アルデラ様……」

顔を上げたメイドの瞳には涙が浮かんでいる。

「片思いも素敵な恋よ。悩んだり苦しんだりしたその経験が、きっといつか生かせるわ」

思いつく言葉で一生懸命励ますと、メイドは少しだけ笑ってくれた。

「そうですね……ありがとうございます」

頬を染めて切なそうに微笑むメイドは、恋の力なのかいつもより輝いて見える。

コーギル、罪作りな男ね。

その日から、なんとなくコーギルを観察すると、あちらこちらで伯爵家の人々と親しそうにしている姿が見られた。

男女問わず優しくするのはいいことだけど、アンタの顔でそれをやったら、いつか刺されるわよ。あえてコーギルに忠告する必要もないけど、ふと、切なそうな若いメイドの顔が私の頭をよぎった。

「仕方ないわね」

別のメイドと楽しそうに話しているコーギルを呼ぶ。

「コーギル、ちょっとこっちに来て」

振り返ったコーギルは、メイドに手を振ると笑顔で駆けてきた。

「アルデラ様、何かご用ですか？」

「今から翡翠宮に行くわ。護衛をして」

「はい！」

元気な返事とともに満面の笑みが返ってくる。

「……楽しそうね」

「はい、ここの邸宅の人達はみんないい人ばっかりです」

「それはよかったわ」

コーギルと歩いていると、廊下でバッタリとクリスに出会った。

「クリス様、今から少し出かけます」

「どこへ？」

「サラサ様の翡翠宮です」

「そう。たしかブラッドも、そこにいるんだよね？」

「はい」

「気をつけて行っておいで」

そう言って微笑んだクリスは、私の長い黒髪を指で少しだけすくった。

「でも、前みたいに外泊をしてはいけないよ。必ず今日中に帰ってきて」

私が「どうして？」と尋ねると、クリスは「ノアが寂しがるから」と優しく微笑む。

「そうですね。では、今日中に戻ります」

クリスは「いってらっしゃい」と微笑むと私の黒髪に唇を落とした。

クリスと別れ、私がコーギルとともに馬車に乗り込んだとたんに、コーギルが「いやいやいやいや！」と叫ぶ。

「どうしたの？　忘れ物？」

「いや、違いますよ⁉　なんですか、今の伯爵様は！」

「クリス様がどうかしたの？」

「どうかしたのって、ラブラブじゃないっすか⁉」

「ああ、あれね」

コーギルの言う通り、最近、クリスがやけにからんでくるようになってしまっている。

やっぱり、黒魔術がかかりすぎているのね。

白魔術師は他の魔術の解除もできるはずだから、一度、サラサにクリスを見せたほうがいいかもしれない。でも、それは先の話で、今はこのまま私に好意的で従順なクリスのほうが都合がいい。

「気にしなくていいわ」

「気にしなくていいって……。俺、伯爵様に、ものすごくにらまれましたけど？」

「あなた、クリス様を怒らせるようなことでもしたの？」

「してませんよ!?　どうして、そうなるんですか？　違いますって、アレですよ、牽制ですよ！俺の女に手を出すな的な！」

一人で騒ぐコーギルを見て、つい笑ってしまう。

「そんなわけないでしょう？　まぁ、そうだとしても、少し事情があるの。私達はラブラブから程遠いから気にしなくていいわ」

「そういうもんすか？」

私は、納得できていなそうなコーギルに、別の話題を振った。

「そういうあなたはどうなの？　好きな人いる？」

コーギルは「あ、え？　なんで急に俺の話を……」と言いながら視線をそらす。

「あら、気がついていないの？　あなた、メイド達にモテモテよ」

「あ、そうですか……」

「嬉しくないの？　チヤホヤされて嬉しくないなら、雇い主として助言させてもらうわ」

　コーギルは不思議そうな顔をした。

「あなたがモテようとしていないのなら、好意のない異性に期待を持たせるような行動はやめなさい。女性を気軽にほめたり助けたりすると、複数の相手を勘違いさせてしまうわ。あなたの場合は、顔もいいから余計に勘違いされやすい」

「それって俺のせいですか？　それだけで勘違いする相手が悪くないですか？」

　コーギルは不満そうだ。

「悪い悪くないではなく、私はこういうことは、男女間の最低限の礼儀だと思うけど。あなた、もしかして、今まで本気で人を好きになったことがないの？」

「そうですね」

「なるほど、だから勘違いさせてしまった相手の気持ちがわからないのね」

片思いや失恋はとても苦しい。でも、あの気持ちを味わったことがない人間に、その苦しさを説明することは難しい。私はため息をついた。

「まぁいいわ。私は忠告したからね。本当にだれかを好きになったとき、せいぜい苦しみなさい」

「なんすか、それ……」

「すべてとは言わないけど女性の多くは、自分だけを見つめて大切にしてくれる王子様を求めているのよ。あなたみたいに、みんなに優しい王子様では満足できないわ」

　コーギルは少し黙ったあと「アルデラ様も、そうなんですか？」と聞いてきた。

「私は恋愛には興味ないわ」

今は王子様探しをしている暇はない。ノア殺害の犯人捜しで手いっぱいだ。

「アルデラ様は、ずるいなぁ」

ため息をついたコーギルは、それ以上、何も話さなかった。

久しぶりに訪れた翡翠宮は、以前より明るい雰囲気になっているような気がした。使用人達は、一度外れたはずの首輪をまたつけていた。ただし、首輪の中心には宝石がついていない。

出迎えてくれたブラッドに尋ねると「あれは魔道具ではありません。不審がられないように、できるだけ今まで通りを装ってつけさせています」と教えてくれる。

ブラッドは、サラサが前に私のために用意してくれたレースとフリルがあふれた部屋に案内してくれた。私の後ろでコーギルが「いつ見ても、この部屋すごいっすね」とあきれている。

「アルデラ様、これを」

私がソファーに座るなり、ブラッドは片膝をつき紙束を差し出した。受け取り確認すると、貴族の名前が並んでいる。

「これは？」

「サラサと関わりがある者達です」

多くの名前の横には×マークがついている。

「このマークは？」

「それは、私がサラサの護衛騎士のふりをして立ち合い、声を確認した者達です」

ブラッドはノア殺害の犯人の声を覚えている。

「ありがとう。今のところ見つかっていないのね。やっぱり、もっと多くの人に会わないといけないわね」

「その件ですが、サラサは毎年この時期になると、翡翠宮で夜会を開くそうです。名だたる貴族や王族も参加するとか」

「好都合ね。私もクリス様と一緒に参加するわ。招待状を送っておいて」

「はい」

ブラッドはもう一枚の紙を取りだした。そこには気弱そうな男が描かれている。

「この人は？」

「この者は、王宮お抱えの魔道具師です。庶民の出ですが、王国一の魔道具師といわれています。今では、陛下が身につける魔道具は、ほぼすべてこの者が作っているそうです」

以前、サラサに『首輪の魔道具をどこで手に入れたの？』と聞いたとき、サラサは『それは、陛下の……』と口を滑らせている。

「首輪の魔道具を作ったのが、この人ってことね」

「そうです。それは、サラサ本人にも確認が取れています」

私はブラッドを見つめた。

「そんなこと、よくサラサが教えてくれたわね」

私が『もしかして、サラサを殴って聞き出したのかしら？　ブラッドならやりかねないわ』と、自分のことを棚に上げて考えていると、ブラッドは「サラサもアルデラ様には、歯向かわないほうがいいと理解したのでしょうね。最近は従順ですよ」と淡々と答えた。

「そう。なら、いいけど」

「ただ、サラサは信用できません。所詮《しょせん》、殺人鬼です」

「そうね」

サラサの罪は重すぎる。それなのに、王族に守られたサラサをこの国の法で裁くことはできない。やり直す前のアルデラも無実の罪を着せられて処刑されたから、この国では法律がまともに機能しているとは思えない。

「ほんと……嫌な国」

私の独り言には、だれも否定も同意もしなかった。

「じゃあ、私は帰るわ」

私が立ち上がると、コーギルが「え!?　もうですか?」と驚きの声を上げる。

「早く帰らないと、ノアとの夕食に間に合わないから」

コーギルは「今、着いたばっかりなのに」と文句を言う。

「大丈夫よ。あなたには、このままここに残ってもらうから。ブラッドの指示に従って」

「え!?」

実はここに来たもう一つの理由はこれだった。このままコーギルを伯爵家に置いておくと、無自覚女たらしによる被害者が増えてしまう。

さすがのコーギルも、ブラッドが近くにいたら大人しくしているはず。

コーギルがまるで恐ろしいものを見るようにブラッドを見た。それを無視してブラッドが「アルデラ様、伯爵家までお供します」と頭を下げる。

「それは困るわ。ブラッドが、ここでサラサを見張っていてくれないと不安だもの」

「はい、もちろんです。アルデラ様を伯爵家に送り届けたあと、私はすぐに翡翠宮に戻ります。実は私の愛馬を伯爵家から、こちらに連れてこようかと」

伯爵家の馬車同様、ブラッドの馬も、借金生活の中でも手放さなかったものの一つだった。

「わかったわ。私が乗ってきた馬車で一緒に伯爵家に戻りましょう」

コーギルが「え？　俺、一人でここに残るの不安なんですけど……」と言うと、ブラッドはコーギルに首輪を制御するための魔道具を渡した。

「心配するな。サラサの性格は、私よりお前のほうが詳しいだろう？　何かあればそれを使え。俺も今日中には戻る」

「うう……アルデラ様。この魔道具って、魔術師じゃなくても使えるんですか？」

この世界の人間には多かれ少なかれ体内に魔力が流れている。それをうまく使いこなせるのは、ごく一部の人間で魔術師と呼ばれた。そして、魔術師でなくても身体に流れるわずかな魔力で魔術師のような力を発揮できるのが魔道具だった。

魔道具は、だれでも買える安価なものから高価なものまでそろっている。安価なものは、おまじないや気休め程度の効果しかないけど、高価なものになるほど、その威力も上がっていく。

「そうよ。魔道具はコーギルでも使えるわ」

ただ、私がサラサから魔道具の所有権を奪い宝石を黒く染め変えたように、コーギルが私から魔道具の所有権を奪うことはできない。そういうことができるのは強力な魔術師だけだから。

コーギルは「ブラッド先輩、早く帰ってきてくださいよ！」と言いながら見送ってくれる。

帰りの馬車では疲れが出てしまい、私は熟睡してしまった。

「アルデラ様、着きましたよ」

ブラッドに声をかけられ目が覚めた。テレビが置いてある和室の夢は見なかった。今まであの不思議な夢を見たのは二回。公爵家からの帰り道と、翡翠宮で倒れたとき。

もしかして、黒魔術を使ったあとに寝ると見るのかしら？

だとすれば、今後もまたあの夢を見ることができるかもしれない。もう一度、あの夢を見て和室にいた少女が本物のアルデラなのかどうか確認したい。

私はブラッドの「来客のようですね」という声で我に返った。

急いで翡翠宮から帰ってきたものの、日は暮れて辺りは暗くなってしまっている。ただ急いだおかげで夕食の時間にはギリギリ間に合いそうだ。

「ノア、お腹を空かせてないかしら？　もう時間も遅いから、ブラッドも夕食を食べてから戻ってね」

「はい」

ブラッドにエスコートされ馬車から下りると私は食事をする部屋へと急いだ。

灯《とも》りが灯るその部屋からは楽しそうな声が聞こえてくる。

クリスとノアは、もう席についているのね。

食事をする部屋の前でメイド長のケイシーに出会った。ケイシーは「お帰りなさいませ」と頭を下げる。

「アルデラ様。今日は、急な来客がありまして、実は……」

そう言ったケイシーの視線を追い、その先にいた人物を見て私は息をのんだ。

すでに食事が並んだテーブルには、クリスとノアが座っている。そして、もう一人、金髪碧眼の美しい女性が座っていた。

その美女は、邸宅の奥に飾られた肖像画と同じように儚げに微笑んでいる。

あれは……クリスの前妻マリア。

美しい金髪を持つ人達が、穏やかな笑みを浮かべながら、同じテーブルを囲むその様子は温かい家族そのものだった。

笑みを浮かべていたノアが、こちらに気がついた。

「アルデラ姉様！」

その様子を見た美女が「ノア、お行儀が悪いわよ」と言いながら慈愛に満ちた表情を浮かべている。

私の腰に抱きついたノアは、なぜかうつむいて顔を上げない。

私がぼうぜんとしていると、背後からブラッドに手首をつかまれた。驚き振り返ると、ブラッドの顔がすぐ側にあった。

耳元で「あの女の声、とてもよく似ています」とささやかれる。

言葉の意味を理解できずにいると、ブラッドは無言でノアを見た。

「もしかして……」

あの美女が、夢の中に出てくる、ノアを殺した犯人と一緒にいた甲高い声の女とでも言いたいのだろうか。

その考えを肯定するように、ブラッドは真剣な表情でうなずいた。動揺からか、私の手首をつかんでいるブラッドの右手がかすかにふるえている。

戸惑う私にケイシーが「あの方は、亡くなった奥様の妹キャロル様です」と教えてくれた。

「妹？」

「はい、ノア坊ちゃんの叔母にあたります」

私はもう一度、前妻にそっくりなキャロルをみた。キャロルの周りには、人から恨まれると湧く黒いモヤや、人から感謝されると浮かぶ輝く光も見えない。

それは、今まで一般的に過ごしてきたということで、キャロルはごくごく普通の人だ。

彼女が……犯人？

キャロルは私のことなんて少しも気にしないで、クリスと穏やかに会話をしている。二人の関係は悪くないようだ。

ノアは？

うつむいているノアの髪を優しくなでると、ノアはゆっくりと顔を上げた。

「姉様……」

その声にいつもの元気はなく、表情は暗かった。私は、そっとノアの額に手のひらを当てた。

「熱はなさそうだけど」

先ほどまで笑顔で食事をしていたくらいだから、体調が悪いわけではないみたい。ノアは私の手にふれると「姉様の手、あったかいです」と力なく微笑んだ。

いつも笑顔で元気なノアが、こんなに落ち込んでいるのは珍しい。もしかして、ノアの元気がない理由って……。

チラリとキャロルを見ると、ノアがまたうつむいた。ノアが落ち込んでいるのは、どうやらキャロルが来たことが原因らしい。

「ノア、食事は終わった？　先にお部屋に戻る？」

そう声をかけると、ノアはパァと表情を明るくする。

「はい！」

私は、ノアの手を引いてキャロルがいる部屋から出た。そのとたんに、ノアはあからさまにホッとしている。その右手には、前に私がプレゼントしたシルバーチェーンのブレスレットが輝いていた。

つけてくれているのね。だったらノアが危険な目にあったら、すぐにわかるはずなのに。

しゃがみ込んでノアと目線を合わせると、私は「ノア、何か嫌なことされた？」と、小声で聞いてみた。

　ノアはブンブンと音が鳴りそうなくらい首を左右に振る。

「何も！　叔母様は、何もしてません……」

　ノアの口から出た叔母様という言葉で、ノアに悲しい顔をさせた人物がだれなのかわかった。

「そう、じゃあ、セナにも聞いてみるわね」

　そう言ったとたんに、廊下の柱の影からセナが音もなく出てきた。セナにはノアの護衛をお願いしていたから、ずっとノアの側にいてくれたはず。

「セナ、ノアはどうして元気がないの？」

　セナは、あまり抑揚のない口調で「アルデラと同じ」と教えてくれた。

「私と同じ？」

　言葉をくり返すとセナがうなずく。

「……視界に入れない、会話をしない、存在を認めない」

　セナの言葉で、アルデラの可哀想な子ども時代の記憶が頭をよぎった。アルデラはずっと家族からいない者のように扱われて育った。あれを、キャロルが、ノアにした？

　先ほどの食事では、とても楽しそうに見えたのに。

　私の疑問は、ノアの言葉で解決した。

「叔母様は、とても優しいです。……その、父様が一緒にいるときだけ……」

　なるほど、クリスがいるときだけノアに優しくして、クリスがいないところでは、ノアを無視していることね。その態度の違いに、幼いノアはどれほど傷ついただろう。胸がしめつけられるように痛い。

　お守り代わりに持ってもらっているブレスレットでは、身体の傷はわかっても、心の傷まではわからない。

　私は、ノアをそっと抱きしめた。

「つらかったわね。よく今まで我慢したわ。ノアは、とても強い子ね」

　ノアの大きな瞳にみるみると涙が溜まっていく。ノアがコクンとうなずくと、ボロッと涙がこぼれた。私は、指でそっとノアの涙をぬぐうと明るく微笑む。

「私の大切なノアをいじめた、いじわる叔母さんは私が追い出してあげるわ。だから安心してセナとお部屋にいてね」

　私がセナを見ると、セナは『わかっている』とでも言うようにうなずいた。セナがノアの側にいてくれるおかげで、私は自由に動ける。

「セナ、いつもありがとう」

　セナは少しだけ口元を緩めたあと、ノアと手を繋ぎ去っていく。二人の背中が見えなくなると、私はブラッドを振り返った。

「ブラッド、あの女が本当に犯人なのか確かめましょう」

「はい。でも、どうやってですか？」

　先ほど見た、クリスの前で話すキャロルはとても穏やかだった。ブラッドが声を聞いても、はっきりと犯人ですと言い切れないと思う。

「たぶん、あの女、クリス様の前では猫をかぶっているんだわ」

「猫、ですか？」

キャロルはノアを邪魔だと思っているけど、クリスの前ではノアにも優しくする。その行動理由は、どういう事情かはわからないけどクリスの前ではいい顔をしたい。好意的に思われたいからに違いない。

「猫には猫をぶつけるのよ」

「は、はぁ？」と不思議そうな顔をしているブラッドに、私は「笑っちゃだめよ」と先に忠告しておく。

「今から私が空気を読めないふりをして、あの女を怒らせるわ」

多少バカっぽく見えるかもしれないけど、ノアのためにはやるしかない。私はため息をついたあと、覚悟を決めた。

時間を巻き戻す前のアルデラは、キャロルに出会っていない。当時、借金まみれだった伯爵家と関わりたい人なんていなかったから。

最近の一番の変化は、伯爵家の借金がなくなって、クリスの事業が成功していること。だからキャロルはお金目当ての可能性が高い。でも、クリスに好意を持っているようにも見える。

これ以上、考えても答えは出ないので、今はキャロルがブラッドの夢の中で出てくる甲高い声の女と同一人物なのかどうか調べることが先だった。

キャロルを怒らせて、なんとか彼女の地声を引き出したい。

猫をかぶる……女性をイライラさせる……といえば、ぶりっこよね。私にできるかしら？

本当ならこんなややこしいことをせずに、黒魔術で解決してしまいたい。でも罪を犯したかどうかまだわからないキャロルを予想だけで断罪することはできない。

罪のない者や正しい者を黒魔術で攻撃すると、倒せたとしても黒いモヤが私の周りにまとわりつくことになる。

相手が確実に犯罪者だとわかるまでは、一般人相手に黒魔術を使いたくない。

私が考えこんでいると、食事を終えたのかクリスとキャロルがそろって廊下に出てきた。キャロルは、まるでクリスの妻であるかのように、彼の二の腕辺りに手をそえ寄りかかっている。

同じ金髪碧眼の二人は、本物の夫婦のようにお似合いだった。でもクリスには黒魔術がかかっているので、私の命令に従うはず。

私は、静かに深呼吸をしたあと、両手で拳を握りしめ、自分のアゴ辺りに当て小首をかしげた。

これが、私が唯一思いついたぶりっこポーズだった。

「クリスさまぁ、ひどいですぅ」

いつもよりワントーン高い声で語尾を伸ばして話すと、私の視界の隅で、ブラッドが急に殴られたかのような声を出した。

「ごはっ⁉」

私がにらみつけると、ブラッドはあわてて口元を押さえ視線をそらす。

ブラッド、笑ってはいないけど驚きすぎよ！　私だって恥ずかしいんだからね⁉

私は小走りでクリスの側に行き、キャロルの反対側からクリスの腕に自分の腕をからませた。

「クリスさまぁ、今日はアルと食事をしてくれるって、約束していたのにぃ。先に食べちゃうなんてひどぉい」

プクッと頬を膨らませ上目遣いでクリスを見ると、彼は無言で青い瞳を大きく見開いていた。

うん……急にこんなことを言われたら、だれでもそういう顔になるわね。そもそも、そんな約束はしていない。でも、クリス、ここは空気を読んで！　そして、私に全力で合わせなさい！

一緒にキャロルを怒らせるの！

私の必死な思いが届いたのか、固まっていたクリスはクスッと笑うと、キャロルに背を向け私を優しく見つめた。

「すまないね。急な来客だったんだ。私が君との約束を忘れるはずがないだろう？」

その言葉は、遠まわしにキャロルが急に来て迷惑だったと言っているようにも取れる。

やるわね、クリス……。

感心していると、クリスは「私の可愛いアル」と甘くささやいたあとに、私のおでこにキスをした。

「⁉」

一瞬、驚いてしまったけど、私は「もぉう、クリス様ったらぁ」とあわてて語尾にハートをつける。

空気がよめる男クリスのおかげで、さっそくキャロルの顔が強張っている。私はさらにキャロルを怒らせるために、クリスにぴったりとくっついた。

「クリス様ぁ、この方だぁれ？」

「ああ、紹介するね。こちら、ライヤー子爵夫人だよ」

夫人!?　キャロルは既婚者だったの？

夫がありながら、クリスに寄りかかっていたのかと驚いてしまう。

クリスはキャロルを振り返ると私を紹介した。

「彼女は、元公爵令嬢で今は私の妻、伯爵夫人のアルデラだよ」

クリスは無意識だろうけど、こう紹介されれば伯爵夫人よりも身分が下なキャロルは私に頭を下げるしかない。

やるわね、クリス！

キャロルは頬を引きつらせながら私に会釈した。そんなキャロルを見て、私はまた頬を膨らませる。

「たかが子爵夫人が、どうしてクリス様の腕にふれていたんですかぁ？　クリス様にふれていいのは奥さんの私だけですよぉ？　謝ってください」

キャロルは怒りで目元を吊り上げた。

「それは……大変申し訳ありませんでした。私とクリスは付き合いが長いので、つい」

キャロルが『そうよね』とでも言いたそうにクリスを見たけど、クリスの瞳には私しか映っていない。キャロルが、ギリッと歯噛みする姿が見えた。

私はさらに「クリスぅ？　呼び捨てなんて失礼ですぅ！」と追い打ちをかけると、キャロルはフフッと不敵に微笑む。

「私の姉はクリスの前妻ですよ。まぁ、公爵家に閉じ込められて、今まで社交界はもちろん、外にすら出してもらえないようなあなたでは知らないでしょうけど」

貴族の間でウワサが回るのは早い。以前のアルデラが公爵家でどういう扱いを受けていたのかキャロルは知っているようだった。

「それって、どういう意味ですかぁ？」

キャロルは小馬鹿にするような視線を私に向けた。

「こんなのが公爵令嬢ですって？　笑っちゃうわ」

その声は今までのような落ち着いたものではなく、侮蔑を含んでいて甲高い。私がチラリとブラッドを見ると、ブラッドは力強くうなずいた。

この女がノア殺しの犯人の一人なのね。

ようやく見つけたという思いと、よくもノアをという怒りが混じり、身体が小刻みにふるえる。そんな私を支えるように、クリスは私の肩に手をそえた。手のひらから伝わる温かさで頭が少しずつ冷静になっていく。

今はこの女を捕らえない。キャロルを泳がせて、もう一人の犯人を突き止める。

ブラッドの夢には、剣の達人ともいえるような男がいた。その男こそが、ノア殺害の実行犯だ。

私は、わざとらしく「ふぅ」とため息をついた。

「ご存じだったんですねぇ。アルがお父様やお母様に溺愛されて、危ないからと外に出してもらえなかったこと……」

キャロルの瞳が驚きで見開いた。もちろん、すべてウソだったけど、今の健康的で美しい姿だとその言葉には説得力がある。

「お父様ったらアルが結婚しないように、呪われているだの不出来だのと、いろいろとおかしなウワサを流して……もう本当に困っているんですぅ。アルがクリス様に一目惚れしたらクリス様にまで悪いウワサを……。今度会ったらお父様に文句を言わないとぉ」

プンプンと怒りながら、公爵に溺愛されている娘アピールをする。

そして、「あ、そうだわぁ！　お父様にもっとお金を送ってもらいましょう。ね、クリスさまぁ？」とクリスに微笑みかけた。

「アル、あまり公爵閣下を困らせてはいけないよ。ただでさえ、たくさん送ってもらっているんだから」

「だってぇ、お父様ってば、ひどいんだものぉ」

こう言っておけば、伯爵家の借金が急になくなり、クリスの事業が成功した理由は、私が公爵に溺愛されているからと思ってくれそうだ。

キャロルの顔はみるみると青ざめた。こちらの思惑通りに、公爵家で溺愛されていた深窓《しんそう》の令嬢にケンカを売っていると勘違いしてくれたらしい。

「そ、そうでしたのね……。何か誤解があったようで……。伯爵様、アルデラ様、申し訳ありませんでした」

サッと態度を改めて、キャロルはふるえながら頭を下げた。

「謝ってくれたらそれでいいんですぅ。私、お友達がいなくてぇ。ぜひ、私とお友達になってくださいねぇ」

口元だけでにっこりと微笑みかけると、キャロルは「も、もちろんです！　光栄でございます」と強張った作り笑いを返す。

キャロル……私はあなたを絶対に許さない。私の大切な伯爵家を……ノアをターゲットにしたことを、死ぬほど後悔させてやるわ！

あのあと、キャロルは逃げ出すように帰って行った。私が遅めの夕食を取っている間、なぜかクリスは私の隣の席に座っていた。こちらを見つめる視線がさっきから私に刺さっている。

食事を終えてナイフとフォークを置いた私は「何か？」とクリスに尋ねた。

「ありがとう、アルデラ」

急にお礼を言われてもわけがわからない。

「なんのお礼？」

「その、キャロルを追い返してくれて」

「ああ。キャロルに好き放題させていたから、クリス様はキャロルが好きなのかと思っていたわ」

そのままの言葉を伝えると、クリスの表情が曇った。

「好きではない、というか軽蔑している、かな？」

クリスが言うには、前妻マリアが病気になったとき、キャロルは「姉の見舞いに」と、ちょくちょく伯爵家に顔を出していたそうだ。

「そのときの私は、キャロルのことを姉思いな優しい妹だと思っていたんだ。ただ、今になって思えば、キャロルが帰ったあと、マリア嬢は具合が悪くなっていた。ある日、マリア嬢にお見舞いを断ってと頼まれた。意味がわからずただ言われるがままに、マリア嬢への見舞いはすべて断った」

それでもキャロルは「妹の私だけでも」と食い下がっていたけど伯爵家の資金繰りが厳しくなると自然と連絡が途絶えたそうだ。

「マリア嬢の病状が悪化し、さらにお金に困ったころ、恥を忍んでキャロルの子爵家に資金援助をしてほしいと手紙を送ったことがあったんだ。返事はなかった。姉思いの妹など、どこにもいなかった。私はそのことにすぐに気がつけなかった自分を軽蔑しているよ」

そうはいうけどクリスは無能なわけじゃない。領地経営にも問題はなさそうだし、商才もある。物腰柔らかだけどきちんと貴族としての振る舞いができている。

あえて言うなら……。

「クリス様は、人を見る目がないわ」

世の中には当たり前だけど、いい人もいれば悪い人もいる。人を見る目があれば、アルデラの父である公爵にお金を借りようだなんて思わない。キャロルのことだって、すぐに悪い女だと気がつくことができる。

「キャロルのせいでノアが傷ついていたわ。気がつかなかったの？」

驚いたクリスは「そんな」とつぶやいた。

「キャロルはノアに会いにきたんだ。すぐに追い返したかったけど、私の一存でノアから叔母を取り上げるのはどうかと思ってしまって……。でも、言われてみればノアはいつもと違う笑顔だったような気がする」

「ノアは、とてもいい子だから場の空気を読んで我慢して合わせてくれていたのね」

私はクリスをまっすぐ見つめた。

「ノアの意見も聞かずに勝手にノアの気持ちを決めつけないで。ノアはいい子すぎるから、私やあなたがお願いしたら、なんでも言うことを聞いてしまうわ。だから、大人の都合のいい子にだけはしないで！」

うつむいてしまったクリスに私はさらにたたみかける。

「しっかりしなさい！　あなたはノアの父親でしょう？」

「私は……」

「たとえ本当の親子じゃなくても、ノアはあなたのことを父親だと思っているしあなたが大好きよ。あなただってノアのことが大好きでしょう？」

うなずいたクリスを見て、私は少しホッとした。

「もうわかっていると思うけど、優しいだけじゃ大切な人達を救えないの。でも……今まであなたの優しさにたくさんの人が助けられてきたわ。ブラッドもアルデラだってそう、事情はわからないけどマリア様やノアだって、これまであなたが守ってきたんでしょう？　それは誇るべきことだわ」

　顔を上げたクリスは私を見つめている。

「アルデラ……君はノアを救うために動いているって言っていたね」

「そうよ。ノアを救うには、あなたの協力も必要なの」

「私の協力……」

「だから、これからは一緒に頑張りましょう！　それにさっきは私の演技に合わせてくれてありがとう。正直、見直したわ。この調子で私と一緒にノアを守るのよ！」

「一緒に、ノアを、守る？」

　私はクリスに右手を差し出し握手を求めた。私の手を握り返したクリスの瞳にはなぜか涙が浮かんでいた。

「アルデラ、ノアの話を聞いてほしい。ノアは……愚かな兄が婚約者を裏切って作った子なんだ」

　クリスの兄は侯爵令嬢と婚約していたそうだ。それにもかかわらず、婚約者を裏切り男爵令嬢マリアと深い関係を持っていたらしい。

　そのことがわかったのは、兄が落馬事故で亡くなったあとだった。

「マリア嬢の実家は裕福ではなく、社交界デビューさせてもらえなかった。それで彼女は、別の貴族宅で家庭教師として働いていたんだ。その貴族宅は兄の友人の家でね。友人を訪ねた兄が彼女を見かけて口説いた。だから、マリア嬢は兄に婚約者がいることを知らずに、ずっと兄に騙されていたんだ。そのころはまだ私の両親が生きていたから、父と母とどうするか話し合った。兄が侯爵家を裏切っていたなんて言えるはずがない。だから、すべてを隠してマリア嬢を私の妻に迎えたんだ。そうすれば、だれも傷つかずうまくいくからと」

いつも神々しい笑みを浮かべているクリスの顔には憎悪が浮かんでいた。

「ノアのことは愛している。でも兄のことは今でも許せない」

その表情を見て、私はクリスも人間だったのね、と当たり前のことに気がついた。

「別に許さなくていいんじゃない？　一生憎んでやりましょうよ、そんなクズ野郎」

私の言葉にクリスはフッと笑う。

「そうだね。兄のことは一生憎んでおくよ。なんだか君と話していると心が軽くなる」

私は「ああ、なるほどね。わかったわ」とうなずく。

「クリス様もノアみたいにいい子すぎるのよ」

ノアがキャロルの前でも我慢して笑っていたように、クリスもレイヴンズ伯爵家のために、今までたくさんの我慢をしてきたのね。

「クリス様は、もっとワガママに生きていいんじゃない？」

「ワガママに？」

「そう、ほら、お兄さんを思い浮かべて言ってみて。あのクズ野郎！」

「……ク、クズ野郎」

クリスは「よくわからないけど、わかったよ」と微笑みながら、また私の手の甲にキスをする。

「クリス。今度、翡翠宮で夜会が開かれるわ。それまでの我慢よ」

ちょうど、翡翠宮で夜会が開かれるから、そのときにサラサの白魔術で解除させたらいいわね。

さすがにこれはまずいと思い、クリスの黒魔術解除をすることを決める。

魅了系の黒魔術を長期間にわたって重ねがけしてきたせいで、精神が耐え切れなくなってしまったみたい。

クリスが壊れた。

甘くささやかれて私は思った。

「本当は、ずっと君にふれたいと思っていた」

何を思ったかクリスは、愛おしそうに私の手の甲に口づけをした。

クリスの様子は、私がクリスに黒魔術をかけたときとまったく同じで……。

「それは……別にいいけど」

「これからは、クリスと呼んでほしい。敬語もなしだよ」

こちらに向けられるクリスの瞳は熱を持ちうっとりしている。

「ははっアルデラがいてくれてよかった。なんだか心が軽くなったよ」

そう叫んだあとに、クリスは笑い出した。一通り笑い終えたあとにクリスは私の手を握る。

「このクズ兄！　お前のせいでどれだけ私が苦労したかっっ！」

「声が小さい！」

これは重症ね……。

優しくつかまれていたクリスの手を振りほどくと、彼は少し寂しそうな顔をした。

「ねぇ、アル。夜会に行くならドレスがいるよ。私から贈らせてほしい」

「持っているものを手直ししてもらって着るからいらないわ」

「でも、ドレスには流行があるよ」

その言葉で、前にメイド長のケイシーに『女のおしゃれは身を守るための鎧ですよ！』と言われたことを思い出した。

そうね、夜会には犯人探しに行くんだから、装備を整えていたほうがいいわよね。

納得した私が「じゃあ、ドレスの件はクリスに任せるわ」と言うと、クリスはとても嬉しそうに微笑む。その笑顔がノアに似ていて、少しだけ可愛いと思ってしまった。

その数日後。

伯爵家に招かれたデザイナーにより、私は着せ替え人形のように着替えさせられていた。

いったい何着、着せるのよ⁉

室内を仕切るために置かれたパーテイションの向こうでは、クリスとノア、そして、ケイシーが必要以上に盛り上がっている。

ケイシーが「アルデラ様には、やはり一番初めに試着された黒いドレスがお似合いでは？」と言うと、ノアが「ピンクのドレスを着た姉様も見てみたいです！」と無邪気な発言をする。

咳払《せきばら》いしたクリスが「みんなの意見はわかったけど、決めるのは私だよ？」と忠告すると、他の二人からブーイングが起こった。

「父様、ずるいです！」

「そうですよ、アルデラ様が決めるならまだしも！　納得できません！」

悩んだクリスは「じゃあ、それぞれ一着ずつ選ぶというのはどうかな？」と言い出した。

「やったー！」「それ、いいですねぇ！」と二人が賛成する。

そんな楽しそうな三人を下着姿の私は、パーテイションの隙間から眺めていた。

なんだかあの三人が、私のお母さんと本当の夫と息子みたいに見えてきたわ。

「愛されていますわね」

声のほうを見ると、デザイナーがニコニコと微笑んでいた。

愛されているかどうかはわからないけど……。

「とても大切にしてもらっているわ」

私がそう答えると、デザイナーはまたニッコリと微笑む。

そのあと、結局、私はケイシーが薦めてくれた黒いドレスを選んだ。

ピンクのフリフリのドレスを押していたノアが「どうしてですか、姉様……」と悲しそうな顔をしている。

「あ、いや、どのドレスも素敵よ⁉　でも……」

私がためらっていると、ケイシーが代わりに答えてくれた。

「クリス様とノア坊ちゃんは、アルデラ様に着せたいドレスを選びましたね？」

白生地に金色の刺繍が入った上品なドレスを薦めたクリスが「そうだけど？」と不思議そうな顔をしている。

「これだから、男性は……夜会はね、女達の戦場なんですよ!? 舐められたら終わりなんです！いかに相手を圧倒するか、そのためには、アルデラ様の魅力を最大限に引き出すドレスが必要なんです！ あなた達の好みなど、この際どうでもよろしいっ！」

熱弁したケイシーに圧倒され、クリスとノアは「なるほど」とつぶやきながら、パチパチと手を叩いている。

「じゃあ、三着ともらおうか」と、クリスが笑顔で言ったので、私は「クリス、さっきのケイシーの話、聞いてた!?」とあわてた。

「うん、聞いていたよ。黒いドレスは夜会用に。あとの二着は気が向いたら、いつか着てほしい」

「そんな……ドレスを着ていく場所なんてないわと言う前に、クリスに「今までは無かったけど、これからはたくさんあるよ。きっとドレスが足りなくなる」と言われてしまう。

ノアが「じゃあそのときは、またみんなで姉様のドレスを選びましょうね」と無邪気に微笑んだ。

夜会に着ていくドレスが決まり、ようやく着せ替え人形の役目が終わった私はホッと安堵のため息をついた。

ドレスはこれで準備できたわね。あとは、念のため街の魔道具屋に行って、黒魔術の代償として使えるアクセサリーを買って……。あ、そうそう、公爵家当主の証のブローチもお店に預けたままだったわ。

街まで取りに行かなければと思ったけど、私は護衛を頼める人がいないことに気がついた。

今回はサッと道具屋にだけ行って帰ってきたいのよね。でも、ブラッドはキャロルを探りに行ったし、コーギルはサラサの監視中。セナはノアの護衛中……。

エントランスホールに向かって歩いているうちに私は「まぁいっか。明日、一人で行こうっと」という答えにたどり着いた。

「どこへ？」

背後から優しく尋ねられて振り返るとクリスがいた。

「え、ああ、ちょっと明日、街へ買い物に行ってくるわ」

「一人で？　護衛もつけずに？」

「うん、今はみんな忙しいから」

クリスはニッコリと微笑むと「じゃあ、私が一緒に行くよ」と言い出した。

え？　クリスと馬車で二人きりって気まずいにもほどがあるんだけど。

どうやって断ろうかと考えていると、クリスは「実は私も街に行く用事があってね。明日行こうと思っていたんだ」と教えてくれる。

馬車は一台しかないので、それなら一緒に行くしかないわね。

「わかったわ。では一緒に行きましょう」

そういう流れで、クリスと一緒に出かけることになった翌日。

出発前に、ノアが「姉様、ぼくも行きたい……」と言った。

「うーん」

ノアがくるとセナにも護衛にきてもらわないといけないので、さすがに馬車の中がせまくなってしまう。

私はしょんぼりしているノアの髪を優しくなでた。

「ごめんね、ノア。また今度、一緒に行こうね」

「はい」

ニコリと笑ってくれたけど元気はない。

夜会まではまだ日にちがあるし、今日はやめて今度また三人で買い物に行こうかしら？

悩んでいるとクリスに「アルデラ」と名前を呼ばれ手を引かれた。

「行くよ」

「あ、ちょっと待って……」

クリスに引っ張られ、つい馬車に乗ってしまった。すぐに馬車の御者が扉を閉める。

馬車はゆっくりと動き出した。向かいに座っているクリスはニコニコと嬉しそうだ。

乗ってしまったものは仕方ないわね。

「クリスは、どこに用があるの？」

「いろいろだよ」

綺麗な青い瞳に見つめられると居心地が悪い。

最近のクリス、なんだかやりづらいのよね……。甘ったるいというか、優しすぎるというか。

まぁ彼の行動は、すべて私の黒魔術のせいなんだけど。

そう考えるとさすがに申し訳なくなってくる。

「ねぇクリス」

「なんだい？」

「ノアを助けてすべてが終わったら、そのときはあなたを自由にしてあげるからね」

「それって……」

クリスの顔から笑みが消えている。

「私の元から去って、君が自由になるってこと？」

「……？　あなたが伯爵家から出ていけと言うなら出ていくわ」

「そんなことは言わないよ」

「そう？」

そう言っていても黒魔術を解いたら態度が変わるかもしれない。

今、こんな話をしても仕方ないわね。

それ以外、特に話すこともないので、私は窓の外に広がる青空に目を向けた。晴れ渡る空を眺めながら、ノアをどうしたら助けられるか考える。

ブラッドの夢に出てきたノア殺害の犯人は二人。一人はノアの叔母であり、ライヤー子爵夫人のキャロル。

でも、キャロルはどうしてノアを……？　彼女の情報がもっとほしいわね。

私は向かいに座るクリスに視線を戻した。

クリスの黒魔術を解くと、どうなるかわからないから今のうちに聞けることをすべて聞いておいたほうがいい。

「ねぇ、クリス」

声をかけるとクリスに穏やかな視線を向けられた。

「キャロルのことを教えて」

少し目を見開いたクリスは「それもノアを守るために必要なんだね。わかったよ。何が知りたいの？」と言いながら微笑む。

「彼女はどうして伯爵家に来たの？」

「ノアに会いにきたと言っていたけど、今思うと私が目的だったんだろうね」

クリスは、キャロルからの熱い視線にちゃんと気がついていたのね。

私が感心していると、クリスはさらに「正確には財産を持っている私、かな？」と付け足した。

「彼女は財産がなくなったとたんに伯爵家にこなくなったから。そして、事業が成功するとまた戻ってきた」

私の予想とだいたい同じね。私が「キャロルは、ノアにはつらく当たっていたわ」と伝えると、クリスは目に見えて落ち込んだ。

「あなたのことが好きだから、ノアが邪魔だったのかしら？」

少し沈黙したあとに、クリスは重い口を開く。

「キャロルはマリア嬢にもよくない態度を取っていたらしい」

「昔からあなたのことを愛していたってこと？　でも、お金がなくなったらこなくなったってことは……あなたというよりマリア様に執着していたのかも」

「自分の姉に？」

不思議そうなクリスに、私は答えた。

「だって、妹のキャロルは子爵家に嫁いだんでしょう？　でも姉は伯爵家に嫁いだ。キャロルはプライドが高そうだったから、姉が自分よりいい家柄に嫁いだのが許せなかったとか？」

「……なるほど」

「まぁ確信はないけどね。とにかく今後一切、キャロルをノアに近づけないで。いいわね？」

「ああ、もちろんだよ」

「それで、キャロルの夫のライヤー子爵はどんな人なの？」

夫ならキャロルと共謀してノアを殺害した可能性が考えられる。

「ライヤー子爵はとても穏やかな方だよ」

「剣の腕は？　実は強いとかあるの？」

「まったく聞かないね。争いごとは好まない方だから」

ブラッドの夢では、ブラッドは犯人からノアを守れず殺されてしまう。ということは、犯人はブラッドよりも強いはずなのよね。あのブラッドより強い人なんて、そうそういなそうだけど……。

念のために私が「ねぇ、ブラッドって強いわよね？」と確認すると、クリスは「そうだね。そうとう強いよ」と教えてくれる。

「ブラッドの剣術は、学園在学中では一二を争う腕前だったんだ。だから、彼は王宮騎士団に入ると思っていた」

「メガネをかけているから、入れなかったのよね？」

前にブラッドから聞いた話では、騎士団の試験に受かったけど、視力が悪いことを理由に入団を断られたらしい。

「まぁそうだね。王宮騎士団は、実力も必要だけど印象や見た目も重視されるらしいから」

「じゃあ、メガネをかけていたら絶対に入れないの？」

クリスはゆるく首を左右に振った。

「もしブラッドが伯爵家の令息だったら問題なかったかもね」

「ああ、そういうこと」

ようするに王宮騎士団は、実力と実家のコネで入る場所らしい。そういえば、王宮騎士団に入っていたコーギルに、ブラッドが顔重視で選ばれる者がいるって言ってたっけ。

「じゃあ、ブラッドより強い人ってどれくらいいそう？」

少し考えたクリスは「少なくとも、王宮騎士団の騎士団長はブラッドより強いね。ブラッド自身がそう言っていたから」と教えてくれた。

となると、騎士団長がノア殺害の犯人？　でも、騎士団長がどうしてノアを殺す必要があるの？

馬車がゆっくりと止まった。話し込んでいるうちに街に到着したようだ。

「アルデラ、少しはお役に立てたかな？」

「そうね、役に立ったわ。ありがとう」

クリスは嬉しそうに微笑んだ。

エスコートされながら馬車から下りると私はクリスに尋ねた。

「クリスはどこに行くの？　私はこっちにある魔道具屋に行くわ」

方向が違うならここで分かれて別々に用事を済ませたほうがいい。

私は手に持ったバスケットを確認するように少し持ち上げた。念のために黒魔術用の道具は一式持ってきている。

クリスは驚いた表情を浮かべると「偶然だね。私も魔道具屋に用があったんだ」と言いながら微笑んだ。

「そうなの？」

クリスが魔道具屋になんの用事があるのかしらと思ったけど、気にしても仕方がないので二人で並んで歩き出す。

「アルは魔道具屋にはよく行くの？」

「いいえ、この前ノア達と一緒に買い物に行ったときに偶然見つけたの。お婆さんが一人でやっているお店なんだけど……」

記憶を頼りに大通りから路地裏に入りウロウロしていると、『魔道具・薬草』と書かれた看板を掲げる古びた店にたどり着いた。

「ここよ」

年季の入った扉を押すと扉につけられたベルがカランカランと音を出す。私が店の奥にいる店主に声をかける前に、お婆さんは「また来たのかい？」とあきれているような声を出した。

私が「迷惑だったかしら？」と確認すると、顔を上げたお婆さんは「ああ、お嬢さんかい。別の客と間違えたよ。すまないね」とため息をついた。

「何かあったの？」

「まぁね」

お婆さんは店のカウンターの下にある荷物をゴソゴソと動かした。

「はい、これ。これを取りにきたんだろう？」

お婆さんの手には公爵家当主の証のブローチが輝いている。

「そうよ。今日はお金を払いにきたわ」

私がお金を払うとお婆さんは「はいよ」とブローチを返してくれた。

「やれやれ、お嬢さんに返せてホッとしたよ。そのブローチは預かり物だから譲れないって何度も言ったのに、譲ってくれって毎日店に押しかけられてね。困ってたんだよ」

「そうなのね……。迷惑をかけたわね」

「いいのいいの。お嬢さんにちゃんと返せてよかったよ」

お婆さんに「今日はこれで帰るのかい？」と聞かれたので、私は首を左右に振った。

「ううん。またアクセサリーを買いたいの。見せてくれる？」

「はいよ。ちょっと待っててね」

お婆さんが店の奥に行くと、今まで店内を珍しそうに眺めていたクリスが近づいてきた。

「アル、アクセサリーを買うの？」

「そうよ。夜会に行くときに護身用につけて行くの」

「なら、私が選んでいいかい？」

「……どうしてよ？」

箱を抱えたお婆さんが戻ってきた。お婆さんは、一つずつ丁寧に箱を開けてカウンターの上に並べていく。

「ここらへんは、前にお嬢さんが買ってくれたものと同じ効果だね」

前にここで購入した魔道具アクセサリーは、魔術強化効果と魔術の代償として使えるものだった。

「うん、どれもいいわね」

クリスが青い宝石がついたネックレスを指さした。

「アル、これはどう？」

「問題ないわ」

クリスが「じゃあ、青色でそろえよう」と言うので、私が「どうして？　赤もいいわよ？」と聞くと、なぜかお婆さんが笑い出した。

「お嬢さん、青を買ってもらっときな」

「え？　自分で買うわよ」

お婆さんは「いいや、買ってもらいな」と笑っている。

困ってクリスを見ると「店主はよくわかっている」と微笑んだ。

「そうだろう？　お嬢さんは少し鈍いねぇ」

「そういうところがいいんですよ」

私を他所《よそ》に、二人は和《なご》やかに会話をしながら買い物を終わらせた。

「はい、どうぞ」

結局クリスに青い宝石がついたアクセサリーを一式買ってもらってしまった。

「あ、ありがとう」

私がお礼を言うと、クリスからは「こちらこそ」と返ってくる。

「どうして青色のアクセサリーばかりなの？」

クリスは少し悩んだあとに「ノアの瞳と同じ色だから」と教えてくれた。

「それを言うなら、あなたの瞳も同じ青色じゃない」

クスッと笑ったクリスは「家族でおそろいってことだよ」と楽しそうだ。

よくわからないけど……。クリスも今はお金があるんだし、大人しくもらっておいたほうがいいわね。

買ってもらったアクセサリーと公爵家当主の証のブローチをバスケットに入れると、魔道具屋の扉が勢いよく開いた。

「お婆さん、今日こそあのブローチを譲ってください！」

店中に響いた大声に驚いていると、黒いフードマントを被った男がカウンターへと駆け寄る。

「お金ならいくらでも払います！　あれはっ、あのブローチはっっ！」

カウンターを飛び越えそうな勢いの客に、お婆さんはため息をついた。

「だから、あれは預かり物だから譲れないって言ってるだろう？　それに、もう無くなってしまったよ」

「えええええ⁉」

叫びながら頭を抱えた男は、少しうつむいたあとに、バッと後ろを振り向いた。

「そこのあなた、あのブローチを持っていますね⁉」

私に飛びかかってきそうな勢いの男をクリスがやんわりと制止する。

「店内で騒ぐのは迷惑だよ。それに女性に声を荒らげるのは失礼だ」

「すみません！　でも、僕にとってとても重要なことなんです！」

「外で話そうか」

クリスに連れられ外に出た男はいきなり地面に両膝をついた。

「お願いします！　お嬢様、あのブローチを僕に譲ってください！」

男が勢いよく頭を下げたのでフードが落ちて顔が見えた。気弱そうな男の顔はどこかで見たことがあるような気がする。

この人、だれだっけ？

私が悩んでいると、クリスが「もしかして君は、王宮お抱えの魔道具師殿かな？」と聞いてくれた。

「あ、そうだわ！」

ブラッドからの報告で陛下が身につける魔道具をすべて作っていると書かれた人物がこんな顔をしていた。

魔道具師は「そ、そうです！　だから、そのブローチがどうしても必要なんです！」と涙目になっている。

私はバスケットの中からブローチを取りだした。

「これは公爵家当主の証のブローチなの。だから、だれにもお譲りすることはできません」

「知っています！　だからこそ、ほしいんです！　それは、マスターが作られた魔道具ですから！」

「マスター？」

魔道具師は首が取れそうなほど、激しく何度もうなずいた。

「マスターは、公爵家の初代ご当主様の呼び名です！　ご本人が自分のことはマスターと呼べと言っていたらしく。彼は真の天才なのです！　いや、天才なんて生ぬるい！　彼は創造主そのものです！」

感極まった魔道具師の頬に涙が流れる。

そういえば初代公爵に創られたセナも、初代公爵のことをマスターって呼んでいたわね。

「えっと……初代公爵ってことは、数百年前の人の話よね？」

「はい、数百年たった今でも、マスターが作った魔道具より素晴らしいものは生み出されておりません。マスターの作られた魔道具はまさに神々の創造物レベルなのです！」

「だから、このブローチを譲ってほしいと？」

「無理でしたら少しの間でいいので貸してください！　マスターの作られた魔道具を研究するのが長年の夢なんです！　陛下にもお願いしているのですが、まったく取り合ってもらえず……」

陛下という言葉に私の心は動いた。

そっかこの人、この国の王様のお気に入り魔道具師なのよね。恩を売っておいて損はないかも？

「わかったわ。貸してあげる。でも、絶対に壊さないでね」

ブローチを魔道具師の手のひらに置くと「あ、あ、ありがとうございます！」と魔道具師は平伏した。しばらくして、顔を上げた魔道具師は「それで、あなた様は？」と尋ねる。

「私はレイヴンズ伯爵夫人のアルデラよ」

「あなた様が公爵家のお嬢様の！　それでこのブローチを持っていらっしゃったんですね。ん？

「となると、アルデラ様が公爵家の現ご当主？」

私は人差し指を自身の唇に当てた。

「内緒よ」

「わ、わかりました！」

魔道具師はあわてた様子で自分のズボンのポケットに手を突っ込んだ。

「あの、これ！　僕の命です！」

そう言ってアンティークな作りの懐中時計を差し出す。

「あなたの命？」

「はい、これは危険回避のために生命を一時的に懐中時計に移して保管できる魔道具です。今日は、これをお婆さんに差し出してブローチを譲ってもらおうと思っていました！　この御恩は決して忘れません！　僕は絶対にアルデラ様を裏切りません！　ブローチは必ずお返しします！その証拠として持っておいてください！」

「えっと……」

いらないわと言う前に、魔道具師は「やったぁあああ！」と叫びながら走り去ってしまった。

私がぼうぜんと立ち尽くしていると、隣でクリスが「また信者が一人増えたね」と訳のわからないことを言う。

「信者？」

「そう、アルに助けられてアルを女神として崇拝する人達のこと」

「そんな人いないわ。どうしてそう思ったの？」

クリスは優しそうに微笑むと、それ以上は何も教えてくれなかった。

「私の買い物は終わったわ。次はクリスの番ね」

クリスは「私の買い物も終わったよ」とおかしなことを言いだす。

「ずっと私と一緒にいたのに……いつの間に？」

魔道具屋では私のアクセサリー以外を買っている様子はなかった。私が不思議に思っていると、クリスは「私の用事はアルにアクセサリーを買うことだったから」と教えてくれる。

ニッコリと微笑みかけられて、私はあせった。

これは……一刻も早く黒魔術を解いてあげないと……。

「何か美味しいものでも食べようよ」と言うクリスに、私は「帰りましょう」と伝える。

「え？」

「早く帰るの！」

不満そうなクリスを引っ張りながら歩き伯爵家の馬車に押し込めた。続いて私も乗り込もうとすると、中からクリスが手を引いてくれる。

それはまるで愛おしい恋人をエスコートするように優しかった。

クリスは、黒魔術をかけられる前は私のことが嫌いだったのに……。人間の感情を黒魔術で、ここまで操ることができるなんて……。

クリスの変貌《へんぼう》ぶりを見て改めて黒魔術のすごさがわかった。それと同時に恐ろしさも感じてしまう。

——バケモノ

今なら、アルデラの両親がアルデラに言った言葉の意味が少しだけわかってしまう。代償さえ払えばなんでもできてしまう黒魔術は人が操るには力が強すぎる。

でも、このバケモノの力でノアや大切な人達を守れるなら、私は喜んでバケモノになるわ。

帰りの馬車の中でもクリスと二人きりは、やっぱり気まずかった。

第六章　かかっていなかった
episode06

あっと言う間に、サラサ主催の翡翠宮で開かれる夜会の当日になった。

前日からメイド長ケイシーを筆頭にメイド達に磨きに磨かれた私の肌は、どこもかしこもツルツルになっている。全身から甘くよい香りがするし、黒髪は濡れたようにしっとりとしていた。

これは……すごいわね。

全身鏡に映ったドレスアップ済みの自分を見て私は驚いた。元から美少女だったアルデラを大人っぽくして、そこに少し妖艶さを加えたような女性が立っている。

ケイシーやメイド達は『やりきった』とでも言いたそうにうなずき合った。

「アルデラ様、本当にお似合いです」

「奥様、とってもお美しいです！」

みんなが一通りほめてくれたあとに、ケイシーが質素な箱から青い宝石のついたネックレスを取りだした。

「本当にこのネックレスでいいんですか？　もっと豪華なのもありますよ？」

たしかにそのネックレスやイヤリングは魔道具なので華やかさは足りないかもしれない。でも、これは黒魔術の代償に使える魔道具なのでこれ以外をつける気はない。

「これがいいの」

「でも……」

渋るケイシーに「それ、クリス様が買ってくださったの」と伝えた。

「まぁまぁまぁ！　ではこれにしましょう！　豪華ではないですが、その分上品ですものね」

ようやく納得してくれたケイシーに、ネックレスとイヤリングをつけてもらい夜会用の私が完成した。

「ありがとう」

私がお礼を言うと、ケイシーはそっと私の右手を両手で包み込んだ。

「私達はみんなアルデラ様の味方ですよ」

その言葉でこれから向かう場所が夜会という名の女達の戦場だったことを思い出す。ケイシーは、今まで一度も社交の場に出たことのない私を心配してくれているのかもしれない。私はケイシーを安心させるためにわざと不敵に微笑んだ。

「大丈夫よ。私はだれにも負けないわ」

「その意気です！」

自室から出るとノアとセナが待っていてくれた。ノアがパァッと顔を輝かせる。

「アルデラ姉様、とっても素敵です！」

「ありがとう」

セナも「アルデラ、お姫様みたい」とほめてくれる。二人に癒やされながら私は、セナに目配せした。

セナには事前に『私が留守の間、ノアから離れないで。ノアを守ってほしい』と伝えている。

セナのおかげで私はいつも安心して犯人捜しができるわ。

心の中でセナに感謝していると、ノアが「姉様、エスコートさせてください」と騎士のようにひざまずいて右手を差し出した。一生懸命に背伸びしている様子がとても可愛い。

「ふふっ、よろしくね」

差し出された右手に私が左手を重ねると、ノアは「へへっ」と嬉しそうに笑った。エスコートというより二人で手を繋いでエントランスホールまで歩く。

「あ、父様！」

ノアが手を振ったその先に、まるで王子様のように光り輝く男性がたたずんでいた。

「クリス……」

金髪碧眼のクリスには白い服のほうが似合いそうなのに、彼が着ている服は、黒く上品な光沢を持つ生地に銀糸で大胆な刺繍が施されている。

ノアが「姉様と父様、おそろいですね！」と無邪気に微笑んだ。ノアの言う通り、クリスの服装は明らかに私のドレスを意識していた。

ま、まぁ、形式上は夫婦なんだから、これくらいは普通よね……たぶん。

クリスは「あなたにふれる許可をください」と言いながら私に頭を下げる。

「は、はぁ……？」

意味がわからず適当に返事をすると、ニッコリと微笑んだクリスに右手を取られた。そして、そのまま手の甲に顔を近づける。

ああ、手の甲へのキスね。さっきのは『挨拶してもいい？』って意味だったのね。

実際には唇をつけず儀礼的に行うものだけど、クリスの唇が私の手の甲に押しつけられた。

「⁉」

驚いてクリスを見ると、『何か問題あるかな？』とでも言いたそうな笑みが浮かんでいる。

クリスがこうなったのは、全部、私のせいだけど、本当にやりづらいわ……。

苦笑いを浮かべた私は、どこか嬉しそうなセナと満面の笑みのノアに見送られ、クリスにエスコートされながら伯爵家を後にした。

クリスと乗り込んだ馬車の中では、「今日のアルは夜の女神のように美しいね」や「他のだれにも見せたくないな」などという恥ずかしすぎる言葉を浴びせ続けられ私の精神は削られていった。

悔しいけど顔が赤くなってしまう。クリスに「赤くなったアルも可愛いね」と微笑まれて、私は拳を握りしめた。

この男……一回殴ったら、静かになるかしら？

疲れ切った私が物騒なことを考えだしたころ、ようやく馬車が翡翠宮にたどり着いた。

その日の翡翠宮は、ライトアップされ昼間のような明るさになっている。翡翠宮に入るために馬車が何台も連なっていた。

　中に入るには待つしかないのね。

　私達が乗っている馬車にだれかが近づいてきたかと思うと、御者に向かって何かを話しかけた。ほどなくして、馬車は列を抜け出し、別の入り口へと案内される。

　その様子を見ていたクリスが「私達は特別待遇のようだね」とつぶやいた。

「王族や高位貴族を待たせるわけにはいかないから、別の入り口を作ったり、時には時間をずらして招待したりするんだよ」

「なるほどね」

　クリスにエスコートされながら馬車から下りると、私達はすぐに翡翠宮の中へと招き入れられた。

　夜会が開かれている会場に入りサラサを捜す。真っ白なドレスに身を包んだサラサは招待客に笑顔を振りまいていた。

　クリスが「まずは主催者に挨拶に行こうか」と言ったので、私は大人しくついていく。

　サラサに近づくとサラサよりも早く、護衛として後ろに控えていたコーギルがこちらに気がついた。

「アルデラ様……」

　そうつぶやいたコーギルは、なぜか頬を赤く染めている。ブラッドの姿は見えない。

　ブラッドには、ノア殺害の犯人の一人キャロルの監視をお願いしているので、今もキャロルの側にいるのかもしれない。

サラサも私に気がついた。それまでの聖女のような笑顔が消え、みるみると顔が青ざめていく。

私はサラサにニッコリと微笑みかけた。

「お久しぶりです。サラサ様」

「あ……アル」

サラサは引きつった笑みを浮かべている。クリスが「今日はお招きくださり、ありがとうございます」とお礼を言うと「来てくれて嬉しいわ」と棒読みの言葉が返ってきた。

サラサの周りには次から次へと招待客が来るので、私はこそっとサラサの耳元でささやく。

「サラサ様、あとでお時間をくださいませ」

顔面蒼白で小さくうなずいたサラサを残して、クリスとともにその場から離れた。離れ際にコーギルが「お美しいです」とほめてくれる。

「コーギル、そういうのはいらないっていったでしょ？」

「あ、いや、でも俺、本当に！」

クリスに軽く腕を引かれたので、私はふざけているコーギルを無視してその場を離れた。

「アルデラ、あそこを見て」

そうささやいたクリスの視線の先には、キャロルがいた。キャロルはこちらに気がつくと近づいてくる。

「アルデラ様。お会いできて嬉しいですわ。今ちょうど、あなたの話をしていたところなの」

にこやかに微笑むキャロルの後ろで、数人の女性達が意味ありげな表情を浮かべている。

キャロルが「クリスとアルデラ様って、とっても仲がいいのですよねぇ？」と言うと後ろの女性達がクスクスと笑う。

「アルデラ様は、言動がとても独特で可愛らしいとキャロル様から聞きましたわ」

プッとキャロルが噴き出した。

なるほど。キャロルは、あのぶりっこ演技を本当の私だと思っているのね。それをバカにしてみんなに言いふらしたってこと？　まだ懲りてないのね。

クリスを見ると『どうする？』と言うように微笑みかけられた。私は『もうぶりっこはしないわよ』という意味を込めて優雅に微笑み返す。

「皆様方、初めまして。アルデラと申します」

キャロルが「え？」と驚いている。

「私の言動が独特……ですか？　田舎の公爵領で育ったせいでしょうか。お恥ずかしい限りですわ」

キャロルの後ろの女性達が「あら」「まぁ」と視線を交わした。その中の一人が「ウワサは当てにならないわね。どなたかがアルデラ様のことを陥れようとでもしたのかしら？」とキャロルをにらみつけた。

顔を赤くしたキャロルは「失礼します！」と乱暴に言い捨ててその場から去っていく。残された女性達は「キャロル様って、どうしていつもああなのかしら？」「本当に……」とあきれているようだ。

私は女性陣に「私達も失礼します」と微笑むとクリスと二人でキャロルのあとを追った。

庭園に続く回廊の途中で、ブラッドが追いかけてきた。

「アルデラ様！」

「ブラッド、キャロルと一緒に翡翠宮に来ていたのね」

「はい」

ブラッドはクリスに「少しアルデラ様を借りるぞ」と許可を取ろうとしたけど、クリスは「ダメだよ」と笑顔で断った。

「クリス、今は冗談を言っている場合じゃ……まぁいい」

ブラッドは私に向き直ると報告を始めた。

「しばらくキャロルを見張っていたのですが、不審な交友関係はありませんでした。むしろ、親しい人すらいないといった感じですね」

「なるほどね……」

先ほどの女性陣の口ぶりでは、キャロルはどうも嫌われているらしい。美人なのに、あの性格じゃあね。私は「こうなったらキャロル本人に聞くしかないわね」とため息をついた。

「私がキャロルを問い詰めるから、クリスとブラッドは人がこないように見張っていて」

「わかりました」

「わかったよ」

キャロルを捜して庭園の奥に行くと、彼女は暗がりでだれかと話していた。話し相手の姿はこちらからは見えない。聞き耳を立てても会話の内容までは聞き取れない。

仕方がないわね。

私は右耳のイヤリングを外した。魔道具であるイヤリングを黒魔術の代償として使おうと思った瞬間にキャロルは会話を終えてこちらに歩いてきた。

バッタリと鉢合わせする。キャロルが驚き悲鳴を上げようとしたので、私はあわててキャロルの口を手で塞《ふさ》いだ。

こちらに向けられた瞳は恐怖と憎悪に満ちている。

これは、問い詰めるくらいじゃ話してくれそうもないわね。

私は右手に持っているイヤリングを代償に、キャロルが何を企んでいるのか教えてと願った。

パキッと手のひら上のイヤリングが割れたけど黒い炎は現れない。

そっか、キャロルは黒いモヤに包まれていない一般人だからより多くの代償が必要なのね。

もう片方のイヤリングとネックレスを追加で代償に捧げると、ようやく代償に捧げたアクセサリーが黒い炎に包まれる。

キャロルの瞳がトロンとし表情から憎しみが消えた。私がキャロルの顔の前で手を振ってもまったく反応がない。

「えっと、キャロル？」

声をかけると「はい」と機械的な返事が返ってきた。

これは……キャロルを無理やり洗脳したってことかしら？

道理で代償が大きいと思ったわ。

魔道具をすべて代償に捧げたとしても長時間の洗脳は無理なはず。私はキャロルに率直な質問を始めた。

「あなたはどうして伯爵家にきたの？」

「クリスに……会いたくて」

「会って何をするつもりだったの？」

「今度こそ、クリスに私を選んでほしかった」

「あなたは子爵家に嫁いでいるのよね？」

「そう。口下手で陰気な男。あんなの私に相応しい夫じゃない」

「クリスは相応しいの？」

「そうよ。お金を持っていたらの話だけどね」

「お金を持っていないクリスはいらないの？」

「……だって、貧乏だなんて私に相応しくないもの。クリスは本当に素敵だわ。だけどお姉様が嫁いだの。お姉様はいつもそう」

「いつも、何？」

「いつも私のほしいものを奪っていく。私と似た顔なのに、お父様もお母様も、他のみんなもお姉様だけを愛するの」

「姉が憎い？」

「憎いわ。死んでくれて清々した」

「ノアも憎い？」

「憎いわ。だって大嫌いなお姉様の子どもだもの」

「ノアを殺したいの？」

少し黙り込んだキャロルは「わからないわ」と答えた。

「でも、あなたは殺したい」

「あなたって、私のこと？」

キャロルは小さな子どものようにコクンとうなずいた。

「殺してどうするの？」

「私がクリスと結婚するわ。今度は私がお姉様よりもあなたよりも幸せになるの」

キャロルの言葉を聞いて、私はここまでは予想通りねと思った。

「さっき、だれと話していたの？」

「初めて会った知らない男。自分は高位貴族の従者だって名乗っていたわ」

「何を話していたの？」

「協力しないかって言われたわ」

「具体的には？」

「私はクリスを手に入れたい。彼の主はノアを殺したい」

私は全身が粟立《あわだ》つのを感じた。ノアの殺害犯に近づけたことでかすかに手がふるえる。

「……どうしてノアを？」

「知らない」

「二人で何をするつもりなの？」

「彼の主は、資金援助を理由に伯爵家に恩を売って近づきたいんですって。それで、私にクリスを紹介してほしいって。クリスは長い間社交の場に出てこなかったから」

「でも、クリスは商売で成功して、もうお金に困っていないわよ？　どうやって恩を売るの？」

「そう、ね……？　でも別に今からでも遅くないって言っていたわ。お金はあって困るものではないし……？」

何だかハッキリしないわね。きっと話しているキャロル自身が、よくわかっていないせいだわ。

「ねぇキャロル。私やノアを殺したら、クリスがあなたを愛してくれるって本当に思っているの？」

キャロルは夢見るように微笑んだ。

「大丈夫よ。さっき魔法の薬をもらったから」

キャロルの手のひらにはガラスの小瓶があった。小瓶の中には透明な液体が入っている。

「これは？」

「これを飲ませるとクリスは私のものになるんだって」

「もしかして……その怪しい薬をクリスに飲ませるつもりなの？」

「もちろんよ。少しずつお茶に混ぜて飲ませるといいらしいわ」

キャロルの満足そうな顔を見て、私の中で一つの謎が解けた。

それは、消えてしまった本当のアルデラが時間を巻き戻す前のこと。無実の罪でアルデラが悪女に仕立てられ処刑されるとき、どういうわけか、クリスはアルデラを助けてくれなかった。

クリスの性格だったら、たとえ私のことが嫌いだったとしても優しさと憐《あわ》れみで助けてくれそうなのに。でも、あのとき、助けてくれなかったんじゃないのね。きっと以前のクリスはキャロルに薬を盛られて、アルデラを助けられる状態じゃなかったんだわ。

この薬がどういうものかはわからないけど、人体や精神に悪い影響を与えることは確実だ。

時間が巻き戻る前、キャロルとアルデラは出会っていない。そうなると、キャロルが資金援助をエサにクリスをどこかに呼び出していたのね。そのたびにクリスは薬を少しずつ盛られていったんだわ。以前のキャロルもお金のないクリスはいらないけど、資金援助を受けたお金のあるクリスはほしかったのね。

私は、ボーッとしているキャロルから薬の入った小瓶を取り上げた。

そうなってくると、キャロルに取引を持ち掛けた従者の主の本当の目的は『キャロルを使って、クリスをノアから引き離すこと』なのね。資金援助の話もキャロルを納得させるためだけのものなのかもしれない。

その結果、薬を盛られた以前のクリスは伯爵家を守ることができなかった。ノアは殺され、ノアを守ろうとしたブラッドも犯人達に殺された。そして、ノア殺しの罪をなすりつけられ悪女としてアルデラが処刑された。

これがあの優しい人達が暮らすレイヴンズ伯爵家で起こったこと。本当のアルデラが魂を代償として黒魔術で時間を巻き戻さなければ、これから実際に起こるはずの悲劇。

どうして……？　いったいだれがなんのために、こんな恐ろしいことを？

私はふるえる身体を両腕で押さえつけた。

絶対にそんなことはさせないわ！

キャロルをにらみつけると、まだ黒魔術の効果が切れていないようで虚《うつ》ろな瞳をしていた。

この女をこのままにしておけない。

目の前にいるキャロルは黒いモヤをまとわない一般人だ。でも、彼女はこれから確実に罪を犯していく。それがわかっていても、まだ罪を犯していない人間は黒魔術で罰することができない。

「ああっもう！　本当に仕方がないわね！」

私は自分の指を思いっきり噛んだ。そして、血のにじんだ指をキャロルの口の中に突っ込むと、自身の血を代償に黒魔術を発動させる。

「キャロル、私に従いなさい！」

この場で罰せられないのなら、キャロルが愚かなことをしないように、主従関係を結んで無理やり支配下に置くしかない。

ボーッとしているキャロルの口から指を引き抜くと、キャロルは「はい、アルデラ様」と無表情につぶやいた。

面倒ごとを自分で増やしてしまったわ……。でも、これ以外の解決方法が思いつかなかったのよね。

主従関係の黒魔術が切れるのは、クリスを参考にするとだいたい一週間。私は、ぼんやりしているキャロルの肩に手を置いた。

「今から私が言うことをしっかり聞くのよ？」

「はい、アルデラ様」

「あなたは一週間ごとにレイヴンズ伯爵家を訪ねてきなさい。そして、私に会うの」

「はい、アルデラ様」

人形のような受け答えをするキャロルは、だれがどう見ても様子がおかしい。

クリスのときは、こんな感じじゃなかったのに……。これじゃあ周囲に怪しまれてしまうわ。

あ、そうだ！

「キャロル、あなたはここで頭を打って気を失ったの。それをクリスと私が見つけた。もしだれかに『前と違う』とか『何があったの？』って聞かれたら『頭を打ったせいで、記憶が混乱している』と答えなさい」

「はい、アルデラ様」

「だ、大丈夫かしら……？」

私は不安に思いながらも、とりあえずキャロルを連れてクリスとブラッドの元へ戻った。

合流したあと二人に『高位貴族が従者を使ってキャロルに接触してきたこと』と『キャロルが

味方になったこと』そして、『黒幕の高位貴族を捕まえたいこと』を簡単に説明した。

ブラッドが「その高位貴族は、キャロルを使ったらおびき出せますね」と言う。

「そうなのよね。本人がくるかどうかはわからないけど、キャロルがクリスを紹介するならその場に関係者が現れるはず。とにかく、キャロルを見張っていると向こうから必ず接触してくるわ」

「その役目、私が引き受けます」

「お願いするわね。ブラッド」

私はキャロルを振り返った。

「キャロル、あなたはいつも通りに過ごして。そして、またさっきの従者に会ったらすぐにブラッドに報告するのよ」

「はい、アルデラ様」

キャロルの機械的な反応を見たクリスに「もしかして、キャロルにも何かしたの?」と聞かれた。

「ちょっとね。まぁずっとこのままではないわ」

「ふーん……」

クリスが小声で「もしかして、キャロルにも口づけしたのかい?」と言ったので、私はあきれてしまう。

「していないわよ。キャロルはどこかのだれかと違って素直で従順だったから」

「じゃあ、もし今後、私以外に素直で従順じゃない人が出てきたらするかもってこと？」

「まぁ……できる限りやりたくないけど、可能性はゼロではないわね」

なぜか急に不機嫌になったクリスを無視して、私はブラッドに話しかけた。

「ブラッド、くれぐれも気をつけて」

「はい。必ず犯人との繋がりを見つけます」

キャロルとブラッドの背中を見送ると、クリスは二人が去ったほうとは違う方向を見ていた。

「クリス？」

名前を呼ぶとニッコリと微笑みかけられる。

「ねぇアル。今日で一週間たったよ」

「……ああ、そうだったのね」

クリスにかけている主従関係を強いる黒魔術は、一週間ごとにかけ直しが必要だった。だから
そのたびにクリスと口づけをするというおかしなことになっている。

「あれはもう必要ないわ。どうせ今日、サラサに解いてもらうつもりだったから……」

話している途中なのに、クリスに優しく腰を引き寄せられた。驚いて顔を上げると唇が重なる。

「!?」

私はクリスを力いっぱい突き放した。

「必要ないって言ったでしょう!?」

クリスは「私には必要だったんだよ。アルを狙っている害虫がいたから」と、少しも悪びれた

様子がない。

もう、本当にやりづらいわ。キャロルはあんなに従順になったのに……クリスはどうして？　早くサラサに会わないと……。

早足でパーティー会場に戻る途中でコーギルに出会った。

「あ、コーギル。ちょうどいいところに！　サラサに会いたいの」

コーギルは「あー……えっと、サラサはアルデラ様の部屋に待たせています」と教えてくれた。

「そうなのね。私の部屋なら場所がわかるわ。ありがとう」

「いえ……」と答えたコーギルと視線が合わない。

「コーギル、何か問題があったの？」

「……あの、アルデラ様って……その、伯爵とどういった関係なんですか？」

「は？　伯爵ってクリスのこと？」

うなずくコーギルに私はあきれてしまった。

「そんなの夫婦に決まっているじゃない。あなたと出会ったころからずっと言っているでしょう？　私はレイヴンズ伯爵夫人のアルデラだって」

「……あ、そっか。そうっすね。アルデラ様は、ずっと俺にそう言ってましたね」

コーギルの顔色が悪い。

「あなた大丈夫なの？」

「は、はは、大丈夫です。ちょっと失恋しただけで……前にアルデラ様に言われた通り、せいぜい苦しみます。そっか、俺はこういうふうにいろんな女性を勘違いさせて苦しめてきたんですね……これは自業自得だ。はは」

「はぁ？」

「アルデラ、もう行こう」

さっきの不機嫌そうな顔がウソのように、クリスはニコニコと微笑んでいる。通りすがりにクリスはコーギルに「そういうことだから、アルのことはあきらめるんだ」と諭《さと》すように声をかけた。

「なんの話？」

「アルは気にしなくていいんだよ」

不思議に思いながらも二人で部屋に入ると、サラサが居心地悪そうに部屋の端っこに立っていた。

「サラサ」

「は、はい！」

ビクッとふるえながら返事をしたサラサの前にクリスを立たせた。

「たしか白魔術師は魔術の解除もできるわよね？」

サラサが小さくうなずいたので私はホッと胸をなでおろす。

「よかったわ。じゃあ、クリスにかかっている黒魔術を解いてほしいの」

「え？」

サラサが驚いたので、私は「できないの？」とあわてた。

「いえ、かかっていないの」

「……え？」

今度は私が驚く番だった。

「その、クリスは黒魔術にかかっていないわ。だから、解除はできないの」

サラサにハッキリと言い切られて、私は固まった。

「クリスが……黒魔術に、かかっていない？」

私の頭の中で、小さな疑問が素早く組み立てられていく。たしかにクリスは黒魔術にかかりにくかった。かかったあとも、すぐに解けそうになったり、言うことを聞かなかったりもした。それに比べるとキャロルはまるで人形のようにすぐに従順になった。

「かかって……いない。そう……なのね、かかっていなかったのね⁉」

クリスの顔を見ると今までの出来事が思い出された。いきなりクリスの口に指を突っ込んだり、無理やりキスしたり。

「あ、ああ……」

恥ずかしくて全身が燃えるように熱い。

「でも……だったら、どうして？　どうしてクリスは今まで私の言う通りにしていたの？」

クリスは熱い視線を送りながら私の手の甲に口づけをした。それは前に私が『クリスが壊れた』と思ったときと同じ光景だった。

「アル、私は愚かな人間なんだ。一人では大切なノアを守ることすらできない。君と一緒じゃないと正しい道が歩めないんだ」

「そ、そう……。クリスはノアを助けたいから、私の言うことを聞いていたのね」

私が無理やり納得しようとすると、クリスは再び私の手の甲にキスをした。

「初恋なんだ。君を愛している。アル、私と本当の夫婦になってほしい」

「……は？　だって、あなた、私のことが嫌いよね？　ブレスレットも受け取らなかったじゃない」

クリスは少し顔を背けると「あれは、アルにお兄様と呼ばれて嫌な気持ちになってしまって……」と言いながら頬を赤く染めた。

「え？　あの話、本当だったの⁉　てっきり黒魔術の影響でそう言っているのかと思っていたわ！　あ、でもそうか、黒魔術はかかっていなかったのよね？」

私が混乱している横で、サラサが「わたくし、もう帰っていいかしら？」と居心地悪そうにつぶやいた。

翡翠宮で開かれた夜会から帰る馬車の中。
私はつい先ほどクリスに言われた言葉を思い出していた。
――初恋なんだ。君を愛している。アル、私と本当の夫婦になってほしい
どうしてクリスからそんな言葉が出てきたのかは未《いま》だにわからない。わからないけど、私は今

の素直な気持ちをクリスに伝えた。

「さっきの返事だけど……。あなたのことは嫌いじゃないわ。助けてもらって本当に感謝している。実はあなたに憧れのような淡い恋心をいだいていたこともあったの。でも……今は違う」

「うん」

クリスはいつも通り穏やかな笑みを浮かべている。

「今はそれどころじゃなくて……。私はやらなければならないことがあるの。どうしても、それをやりたいの」

ノアの命を救うこと。今はそれ以外、考えることができない。

「だから、あなたの気持ちには応《こた》えられない」

「わかったよ。言ってくれてありがとう」

馬車の中に沈黙がおりた。私が心が痛いような申し訳ないような不思議な気持ちを味わっているとクリスが口を開いた。

「そんなに気にしなくていいんだよ。今まで通りにしてほしい」

「でも……」

「本当に気にしなくていいんだ。だって君のやりたいことがすべて終わったら、また告白するだけだから」

驚いてクリスを見ると、ニッコリと微笑まれた。

「クリス……あなたって意外と神経が図太いのね」

「まぁ君より年上だし、こう見えていろいろと苦労をしてきたからね」

クリスが冗談っぽくそう言ったので、どちらともなくクスクスと笑い出した。そのあとはたわいもない会話をした。クリスの商売の話やノアが赤ちゃんのころどれほど可愛かった、など。

私はふと、クリスと二人きりなのに気まずいとか、やりづらいと思っていない自分に気がついた。

クリスとともに馬車から下りて伯爵邸に足を踏み入れたとたんに、私は急激な眠気に襲われた。

あ……そうか、キャロルに黒魔術を使ったから……。

黒魔術を使ったあと、私は必ず同じ場所の夢を見る。

＊

気がつくと私は畳が敷かれた和室にいた。前の夢と同じようにその和室にはテレビが一台置かれている。そして、そのテレビをかじりつくように観ている黒髪の少女がいた。

「アルデラ？」

黒髪の少女が振り返った。それは毎朝、鏡で見ている顔だった。

「やっぱり、あなたが本物のアルデラなのね……」

コクンとうなずいた少女は同じ年のはずなのに、どこか幼く見えた。本当のアルデラはテレビを指さしながら「お姉さんのこと、ずっとここから観ていたよ。カッコよかった！　すごいね！」と嬉しそうな顔をする。

そして、「お姉さんなら……ノアを助けられるよね？」と心配そうな顔をした。

「助けるわ、必ず」

本物のアルデラは、ホッと安堵のため息をつく。

「ねぇアルデラ」

「なぁに？　お姉さん」

黒曜石のように綺麗な瞳が不思議そうにこちらを見つめている。

「私はあなたも助けたいの。どうしたら、あなたはここから出てこられるの？」

「無理だよ。私の魂はもう消えちゃったから……」

「でも、あなたはここにいるわ。私が黒魔術を使うたびにあなたの存在がはっきりとしてくるような気がするの」

「それは……お姉さんがずっと私のことを気にしてくれるから……。お姉さんは黒魔術を使うたびに無意識に私のことを思ってくれているの。私も助けたかったって。その思いがあまりに強すぎて、黒魔術が少しずつお姉さんの無意識の願いも叶えてしまっている。これはとっても危険なことよ」

「どうして？　あなたが助かるならそれでいいじゃない」

本物のアルデラは泣きそうな顔をした。

「だって、私を助けるための代償をお姉さんは払っていないもの。私の魂を助けるには、だれかの魂が必要になるのよ？　それに、もし私の魂が復活しても同じ体に二つの魂は入れないわ」

「どちらかが消えないとダメってこと？」

本物のアルデラは一生懸命首を横に振る。

「違うわ！　私はもういないの！　だから、お姉さんもう私を助けようとしないで。ここはとっても楽しいわ。私はここからお姉さんの活躍をずっと観ているから……」

健気なアルデラを見ていると、涙があふれてきた。

「でも、ここにはあなたしかいないじゃない。ここはとっても寂しいわ。アルデラ、私はあなたにも幸せになってほしいの」

「お姉さん……。わかった。私もお姉さんに助けてもらって幸せになる。私も何か方法がないか考えてみる。だから、約束して。お姉さんは自分を犠牲にしないって。お姉さんも必ず幸せになるって」

「わかったわ。約束する。必ずあなたを助けて、私も幸せになるわ」

「そうそう！」

「「だって、時代劇では悪人は退治されて、善人は幸せにならないとね！」」

二人の声がそろって微笑みを交わし合った。

＊

カーテンの隙間から朝日が差し込んでいる。伯爵家に着くなり倒れ込んだ私をだれかが自室のベッドまで運んでくれたらしい。

「待っていてね、アルデラ……必ずあなたも助けてみせる」

私は頬に流れる涙を手のひらでぬぐった。

ブラッドから手紙が届いたのは、その三日後。

手紙を手にした私は「早いわね」とつぶやいた。予想通りノア殺しの犯人は再びキャロルに接触してきたようだ。そして、ラギー商会と名乗りクリスとの面会を求めている。

ブラッドの説明によると、ラギー商会はかなり手広く商売をしている豪商らしい。

なるほどね。時間を巻き戻す前は貴族に相手にされなくなったクリスをラギー商会が援助したのね。商売で成功した平民が、没落したとはいえ伯爵のクリスに『貴族社会への足がかりがほしい』と言えば自然な流れだわ。それに、クリスが商売に成功した今でも、ラギー商会が成功している貴族にコンタクトを取るのはおかしいことではない。

犯人はかなりやり手みたい。そして、予想通り権力者なことは間違いない。

私は手紙の返事を書くためにペンをとった。

犯人をノアがいる伯爵邸に入れるわけにはいかない。どこか別の場所で会ったほうがいいわ。最悪、私が黒魔術を使って多少の被害が出ても問題がないところ……。翡翠宮ね。

表向きはクリスとサラサは商売を通じて交流があることになっているから怪しまれることはな

いし、会合の当日は翡翠宮の使用人達には暇を出せば、彼らが怪我をすることもない。

まぁサラサには、強制的に立ち会ってもらうけどね。

彼女は白魔術師なので自分の身くらいは自分で守れるわよね。書いた手紙をメイドに手渡すと、キャロルとブラッドがいるライヤー子爵邸に届けるように伝えた。

「会合の日までに、ノアを守るためにできる準備はすべてしておかないと……」

私は伯爵家の使用人達に「爪や髪を切ったら、捨てずに集めておいてほしい」とお願いした。かなり気持ち悪いお願いだったけど、みんな快く引き受けてくれた。

本当にいい人達ね。えっと、あと私ができることは……。

一人でブツブツ言いながら廊下を歩いていると「姉様！」と声をかけられた。私が振り返るとノアが天使のような笑みを浮かべて手を振っている。その後ろには相変わらずセナの姿があった。

「おはよう、ノア。セナ」

「おはようございます、姉様」

「おはよう、アルデラ」

ノアとセナから放たれる癒やしオーラに私はホッとした。ノアに「姉様、手を繋いでいいですか？」と聞かれたので「もちろん」と答える。

「え⁉　姉様、ここ、怪我していますよ⁉」

ノアが指さしたその箇所は、キャロルを洗脳するために自分で指を噛んだときにできた傷だった。もうほとんど治っている。

「ああこれ、別にたいしたことない……」

「ダメです！」

ノアが急に大きな声を出したので私は驚いた。

「姉様、傷口は消毒しましたか？　消毒しないと菌が入って膿《う》むこともあるんですよ⁉」

そう言いながらノアがアルデラの指を両手で包み込んだ。ノアが祈るように目を瞑《つぶ》ると淡く白い光が現れ、怪我をしている指が温かくなる。

「これって……？」

「白魔術です。まだ簡単なことしかできませんが」

ノアは恥じるように下を向いた。

「すごいわ、ノア！　白魔術なんて本当に選ばれた一部の人しか使えないのに⁉」

私がノアをぎゅっと抱きしめて頭をよしよしとなでると、ノアは頬を赤く染める。

「す、すごいですか？」

「すごいわ！」

「あの、実は、ぼくお医者さんになるための勉強もしていて……」

「ええっそうなの⁉　ノアは可愛くて性格がいいだけじゃなくて、勉強や日々の努力までできるのね！　すごすぎるわ！」

ノアは「えへへ」と嬉しそうに笑っている。

「セナがぼくの先生になってくれたんです」

「そうだったの⁉　あ、でも言われてみれば、アルデラも子どものころにセナにいろいろ教えてもらっていたものね。セナって人に教える才能があるのね！　セナもすごいわ」

興奮を抑えきれず話していると、セナは少しだけ瞳を細めて口端を上げた。

二人と別れると、私は魔道具を購入するために街に出かけた。

ラギー商会との会合の日が迫ってきているから、しっかりと準備をしておかないと！

またクリスが買い物についてきているけど気にしている場合ではない。

大通りから路地裏に入り、馴染みの魔道具屋の扉を開けるとフードを被った男がいた。男は私を見るなり「アルデラ様、お待ちしていました！」と歓迎する。

「あなた……たしか王宮お抱えの魔道具師？」

「覚えてくださっていて光栄です！」

「どうしてここに？」

私は『もしかして店主のお婆さんに何かあったのでは？』と思い店の奥を見ると、お婆さんはいつも通り置物のように座っていた。そして、あきれた顔で「その人、ここで毎日お嬢さんが来るのを待っていたんだよ」と教えてくれる。

「そうなんです！　僕は王宮お抱えなので陛下の許可なく王都から出られないんです！　だからレイヴンズ領までアルデラ様に会いに行けなくて……。ここでアルデラ様を待っているといつかお会いできると思っていました！」

魔道具師が両腕を伸ばして私の手にふれようとした瞬間、クリスが手刀で魔道具師の腕を叩き落とした。

「気安く私のアルにふれないでほしいな」

クリスにニッコリと微笑みかけられ、魔道具師は「あ、すみません……」と小さくなっている。

私はそんな二人を眺めながら『黒魔術にかかっていない状態で、この行動を取るクリスってなんなの？』と戸惑った。

「それで、私になんの用？」

魔道具師は「あ、実はアルデラ様にこれをお返ししたくてですね……」とポケットをごそごそと探る。

「あ、あった！」

魔道具師はポケットから高級そうな黒い箱を取りだし私に手渡した。

「これは？」

「前にアルデラ様にお借りしたブローチです！」

箱を開けるとたしかに公爵家当主の証のブローチだった。

「もう研究は終わったの？」

「いえ、終わったというより……」

視線を彷徨わせた魔道具師は言いにくそうに口を開いた。

「なんというか、やはりマスターの作られた物は魔道具というより、もはや神器で……。まったく参考にならなかったというか……」

「どういうこと？」

私が尋ねると魔道具師は「実は研究した結果、そのブローチは異界の扉を開くことができるようなのです」と深刻な顔で教えてくれた。

「異界の扉？」

もしそれが本当なら、その扉を開くと、本物のアルデラがいる和室や、前世に生きていた現代の日本にも行けるのかしら？

「あ、アルデラ様のその顔！　信じていませんね⁉　僕も信じられないんですが本当なんです！」

「違うの、異界の扉って何かなって考えていて……」

魔道具師は「僕も詳しいことまではわからないんですが」と前置きしてから説明を始めた。

「このブローチには、ある場所を示す座標みたいなものが刻まれていたんです。おそらく、マスターが公爵家当主のだれかをその場所に導こうとしているのだと思います」

「ブローチで行ける場所は決まっているのね」

「はい、そうです。このブローチに一定以上の魔力を注ぐと行けるようですが、必要な魔力量が尋常ではないので常人には不可能です」

もしかしたら、私ならできるかもしれないと思いながら魔道具師の話を聞いていた。でも、今はどこにも行く気がないわ。そんなことより、ノアと本物のアルデラを助けないと。

魔道具師は「そういうわけでお返しします。マスターの創作物は決して真似ることができない。

それがわかってスッキリしました！　本当に、本当にありがとうございました！」と、九十度に腰を折ってお辞儀をする。

「お役に立ててよかったわ。じゃあ私もこれを返すわね」

私は手に持っていたバスケットからアンティークな作りの懐中時計を取りだした。受け取った魔道具師は懐中時計のフタを開け、何かをつぶやいたあと、懐中時計を私に返した。

「僕の命は抜きました。よければこれをもらってください。前にも言いましたが、生命を一時的にこの中に保管できます。保管しておけば一度だけ生き返ることができます」

「そんな貴重なものをもらっていいの？」

「はい、僕の感謝の気持ちです！」

魔道具師は店の奥に向かって「じゃあまた来ますね、お婆さん！」と言って笑顔で去って行った。

お婆さんは「あまりに毎日来るから、今じゃあすっかり茶飲み友達だよ」と笑っている。

「さてお嬢さん、今日は何を買ってくれるんだい？」

お婆さんにいつものアクセサリーセットを頼んだあと、私は改めて懐中時計を見た。

生命を一時的にこの中に保存できるということは……。もしかして、この中に私の魂をうつせば、本物のアルデラの魂が復活したときに、この身体を返せるんじゃ……。

そう考えたところで「深刻な顔だね」と声をかけられた。見ると、クリスが微笑んでいる。その手にはいつの間に購入したのか魔道具のアクセサリーが入った箱を持っていた。

「払っておいたよ」

「……ありがとう」

「アル、一人で悩まないで」

クリスの大きな手が優しく私の頭をなでた。

「……そうね」

一人で決めてはいけない。本物のアルデラとも相談しないと。それに、私も幸せになるって約束したからね。

約束は破ってはいけない。最高のハッピーエンドを見つけるまで決してあきらめないと私は心に固く誓った。

第七章　アルデラVS国一の策士

episode07

　ラギー商会との会合の当日。私は戦闘準備を兼ねて念入りに着飾っていた。

　事情を知らないメイド長ケイシーやメイド達が嬉しそうに着替えを手伝ってくれている。

　ケイシーに「今日はどのドレスになさいますか？」と聞かれたので、私は白いドレスを指さした。金色の刺繍が入った上品なドレスを見てケイシーが「あら」と微笑む。

「クリス坊ちゃんが選んだドレスですね」

「まぁ、なんとなくね」

　私が少し恥ずかしくなってそう答えると、ケイシーやメイド達は嬉しそうに顔を見合わせた。

　心のどこかでは、もしかしたら、このドレスを着るのはこれで最後になるかもしれないという気持ちもあった。これから何が起こるのかわからないので、それくらいの覚悟で今日の日を迎えていた。

　長い黒髪を結い上げてもらい、魔道具のアクセサリーを身につける。全身鏡の中には凛《りん》とした美しい女性が立っていた。

　メイドの一人に「奥様、本当にこのバスケットも持って行かれるんですか？」と聞かれたので、私は「そうよ」と微笑む。

「私がご一緒してお持ちしましょうか？」

「ううん、いいの。自分で持ちたいの」

「そうですか……」

　残念そうなメイドには悪いけどバスケットの中には、使用人達に集めてもらった爪や髪が大量に入っている。うっかりバスケットの中を見てしまうとトラウマになりかねない。それに、危ない目にはあわせたくないからね。

　ケイシーとメイド達にお礼を言って自室から出ると、部屋の前でクリスが待っていた。クリスは白いジャケットを着ていてなぜかおそろいのようになってしまっている。

　クリスはニッコリと微笑んだ。

「奇遇だね……と言いたいところだけど、今日は私が選んだドレスを着てくれたらいいなって思っていたんだ。嬉しいよ、ありがとう。とても綺麗だよ」

　行動を見透かされて恥ずかしい。私は自分の頬が熱くなるのを感じてなんだか悔しくなった。

　私は咳払《せきばら》いをすると、クリスの左胸に公爵家当主の証のブローチをつける。

「これは……アルデラの大切なものだよね？」

「お守りよ。会合中はあなたがつけておいて」

　ブローチは黒いモヤを避ける効果があるのでクリスを守ってくれる。

「さぁ、行きましょう」

エントランスホールでノアとセナが待っていてくれた。

「ノア、今日は絶対に家から出てはダメよ？」

「はい、ぼく、お留守番できます！」

元気いっぱいのノアを見て、私の頬も緩む。

「セナもノアから離れないでね」

「はい」

セナがノアを守ってくれるなら心強い。

「じゃあ、行ってくるわね」

「姉様、いってらっしゃーい！」

ノアとセナに見送られ、私達は馬車に乗り込んだ。ブラッドとキャロルも会合のために翡翠宮を目指している。

今日の会合のことは事前に手紙を送り、サラサとコーギルにも伝えていた。翡翠宮に勤める使用人達は今ごろそれぞれの休暇を楽しんでいるはず。

この会合で必ずノア殺しの犯人を突き止めてみせる。

気がつけば私は、祈るようなポーズを取っていた。クリスが心配そうにこちらを見つめている。

「今日の会合はアルにとって、とても大事なもののようだね」

クリスにはノアが三年後に殺されることは伝えていない。なので今から会うのが犯人に関わりのある人達だということを彼は知らない。

「……そうなの。絶対に失敗できない」

そっとクリスの手が私の頬にふれた。

「失敗してもいいいんだよ。生きてさえいればやり直せる。私なんて今までどれほど失敗してきたと思う？」

冗談っぽく言うクリスの瞳からは『大丈夫だよ』という優しさが伝わってくる。

「そうね……生きてさえいれば、何度でもやり直せるわよね。ありがとう、クリス」

素直にお礼を言うと、クリスは少しだけ顔を近づけた。

「ねぇアル、キスしてもいい？」

「それは、また今度にしましょう」

「残念」

クリスの手が頬から離れた。気がつけば、全身がふるえるような極度の緊張がなくなっている。

馬車はゆっくりと翡翠宮に着いた。クリスにエスコートされながら馬車から下りると、コーギルが待ち構えていた。

「アルデラ様、こちらです」

コーギルに案内された部屋は、部屋というよりだだっ広いホールだった。ここでなら数組の男女がダンスを踊れてしまう。

「ここで会合をするの？」

「そうです。ここは翡翠宮の小ホールです。サラサが壊されたら困るから、普段使っていない部屋を使ってほしいと言っていました」

「なるほど。で、サラサは？」

「ラギー商会の連中と一緒にここに来る、とのことです」

「わかったわ。キャロルもきっとラギー商会と一緒に来るのね」

だだっ広い部屋を見回していると、ふとここには商談をするためのテーブルと椅子がないことに気がついた。

「ねぇ……」

そのことをコーギルに聞こうとしたとき、小ホールの扉が開かれる。

扉の先には顔色が悪いサラサが立っていた。側にはキャロルとブラッドの姿も見える。そして、その後ろには見たことのない男が二人いた。

一人は恰幅《かっぷく》のいい中年男性で、もう一人は細い目をした青年だった。

この二人がラギー商会の人？　何だかタヌキとキツネみたいね。

サラサはふるえながら小ホールの中に入ってくる。そして、後ろの男達を敬うように頭を下げた。

そのおかしな動作を不思議に思っていると、私はタヌキ男性の異常さに気がついた。

気のよさそうなタヌキ男性の身体の周りには、黒い大蛇がとぐろを巻いている。

何、あれ？

よくよく見ると黒い大蛇は、黒いモヤが蛇をかたどっているものだった。

……まさか、憎悪をねじ伏せて従えている……？

その予想を肯定するかのように、黒い大蛇はこちらに向かってシャーと威嚇音を発する。

こんなことができる人間がいるなんて……。

私と同じくあの大蛇が見えているであろうサラサは血の気が引いた顔でガタガタとふるえている。

サラサは私におびえているかと思ったけど違ったのね。どうやら大物がかかったみたい。

背中がゾクゾクとする感覚を味わいながら、私はニヤリと口端を上げた。

こいつらがサラサを利用して甘い汁を吸っていたやつらなのね。ラギー商会が大きくなったのはサラサのおかげなのかもしれない。そんなことを考えていると、タヌキ顔の男性がキツネ顔の青年に尋ねた。

「して息子よ。お前の策はこれで出尽くしたのか？」

「はい、父上」

それは親子とは思えない淡々とした会話だった。父に礼をした青年の仕草はとても優雅で姿形と言動に違和感がある。私はサラサに語りかけた。

「サラサは、この二人と知り合いなの？」

サラサはガクガクとふるえながらキツネ顔の青年を見た。それは口を開いていいのかの許可を得ようとしているように見える。

私がコーギルに目配せをすると、コーギルは懐からネックレスを取りだす。それはサラサから奪ったもので、首輪をつけた者から魔力を奪えるネックレスだ。私が、サラサにつけた首輪は外れていない。

ということは、サラサは私に魔力を奪われて苦しむことより、あの二人を恐れているのね。ただの商人にサラサがおびえるかしら？

サラサは伯爵のクリスにも偉そうな態度を取っていた。貴族相手でもおびえることはないはず。ということは、あの二人は貴族以上……まさか王族？

まさかねと思いながらも私が「殿下」と呼んでみると、キツネ顔の青年の瞳がわずかに見開いた。

ウソでしょ……。

この国で殿下と呼ばれるのは王の息子や娘達だ。そして、彼らが父と呼ぶ存在はもちろんこの国の王ただ一人。

私が半信半疑で「陛下？」と呼ぶと、タヌキ顔の男は大きなお腹をゆらして豪快に笑った。

「おい、息子。さっそく変装が見破られたぞ」

「父上の威厳《いげん》は、作り物の皮一枚では覆い隠せないということでしょう」

「わしのせいか？」

「いいえ、父上。そういう意味で言ったのではございません」

皮がむけるように二人の全身がベロリと剥がれた。皮の下からは麗しい紫色の髪を持つ青年と、白い髭を蓄えた白髪の男が立っていた。二人の左腕につけられた腕輪から強い魔力を感じる。あの腕輪が魔道具で、その力を使い姿を変えていたようだ。

コーギルとクリスの口からそれぞれ「殿下」やら「陛下」という驚きの言葉が漏れている。いや、それも驚きだけどさ……。

王は服の上からでもわかるくらい筋骨隆々《きんこつりゅうりゅう》だ。

ムッキムキの王様って……。

私がぼうぜんとしていると王は楽しそうに笑った。

「息子よ。ここからは策を弄《ろう》さず荒事《あらごと》と行こうではないか」

「御意《ぎょい》。父上の得意分野ですね」

王がバキバキと指を鳴らした。その指には指輪がはめられていてキラリと光った。

とてつもなく嫌な予感がして、私はバスケットから爪が入った小瓶を取りだすと素早く床に叩きつけた。

「私達を守って！」

私の叫びと王が床を蹴ったのはほぼ同時だった。「むんっ」という掛け声とともに王の右腕が振り下ろされる。

私に当たる前に、王の右腕が見えない壁に弾かれた。

「むっ⁉」

後ろに飛び去った王は、自身の右腕を息子に見えるように上げた。

「息子よ。わしの手首が折れたぞ」

「やはり黒魔術は恐ろしいですね。サラサ、早く回復しなさい」

王子の命令で「は、はい！」とサラサはあわてて王へ駆け寄った。王の折れた右手に両手をかざすと白い光に包まれる。王は回復した右手をグーパーすると、もう一度見えない壁を殴りつけた。

私の目の前で空間にヒビが入っていく。
ウ、ウソ……黒魔術を、筋力で破ろうとしているの……？
おそらく王の指にはめられた指輪も魔道具で、王の力を増幅させている。

急いでバスケットから小瓶を取りだすと床に叩きつけた。私が「私達を守って！」ともう一度叫ぶと黒い炎が生じるとともに空間のヒビが消え見えない壁が修復されていく。

壁を殴るのをやめた王は右腕をだらりとさせながら王子を振り返った。またサラサが王に駆け寄り白魔術で回復させている。

「息子よ。正面突破は難しいぞ」

「そのようですね。父上、私の魔術でここに城の兵を呼び出しましょうか？」

王は「呼ぶな。過去の黒魔術師との戦いでは、兵を半分洗脳されて味方同士で殺し合いをさせられたらしいぞ」と言いながらサラサに治してもらった右手をグーパーした。

「そうでした。やはり黒魔術は恐ろしいです。我が国から根絶しなければなりません」

「そうだな。洗脳が効かぬ我らで仕留めるしかあるまい。しかし、物理攻撃は防がれてこの有様よ。息子、他の策を出せ」

「はい」

考え始めた王子を見て私は戸惑った。

なんなの、この親子……？

マイペースすぎてこちらの調子が狂わされてしまう。

「父上。人質を取るのはどうでしょうか？」

王子がパチンと指を鳴らすと、床に光の輪が現れた。その光の輪の中からノアとセナが現れる。

「ノア⁉」

私が叫ぶとノアはきょとんとしながら「姉様？」とつぶやいた。セナはノアを背後に隠すようにナイフを構えている。

「息子よ。それはいつ見ても不思議だな」

「父上、前にもご説明いたしましたが、これは空間転移魔術ですよ。私の母の血筋です。本来は使用者の全魔力を使って、人生で一度だけ使える命懸けの秘術なのですが……」

王子は王にネックレスを見せた。それはサラサが持っていた魔力を奪えるネックレスと同じ作りだ。

「魔力は首輪をつけた死刑囚どもから補充しています。死んでも少しも惜しくないので使いたい放題ですよ」

ニコリと微笑んだ王子に、王は「さすが我が息子！　無駄がない」と誇らしげだ。王子は私に向き直った。

「さて、こちらは人質を取りました。あなたはどうしますか？」

私の視界の端でコーギルが腰の剣にふれるのが見えた。王子の後方でブラッドも剣を引き抜く体勢を取っている。私は二人を制止するように小さく首を左右に振った。

この男達には聞きたいことがある。

王子は「少しでも怪しい動きをしたら、人質を崖の上に転移させて落としますよ」と言いながら微笑んでいる。

私は持っていたバスケットを床に下ろすと、降参するように両手を上げた。

「大人しくするわ。だから教えて。どうしてノアを狙うの？」

王子は少しだけ目を見開くと「ああ、あの女から聞きましたか」とキャロルに視線を向けた。

キャロルはこの状況下でもボーッとしながらホールの隅にたたずんでいる。

「私のほうこそお聞きしたいのですが、あなたはどこまで情報をつかんでいますか？」

「……なんの話？」

私が慎重に返すと、王子はこちらを探るように目を細めた。

「サラサの悪行はもうバレていますね？　私がキャロルを利用しようとしたこともバレている。もしかして、私がレイヴンズ伯爵家の借金が減らないように手をまわしていたことにも気がついていましたか？」

驚く私の表情を見て王子は「うん、これはまだバレていなかったようですね」と一人で納得する。

「どうして、そんなことを……？　あなた達は伯爵家にいったいなんの恨みがあるの？」

「恨みなんてありませんよ」

「じゃあ、どうして？　なんのためにこんなひどいことを？」

王子は彫刻のように美しい笑みを浮かべた。

「伯爵があなたを引き取ったからです」

「私……を？」

「そうですよ。黒魔術師は簡単に殺せない。しかし、私達は王家を脅かす黒魔術師という存在をこの世から消したい。だから、あなたをわかりやすく悪女に仕立て上げて世論を味方につけ弱体化させようと目論《もくろ》んでいました」

「それって……もしかして……」

時が巻き戻る前、アルデラは義理の息子のノアを殺害したという無実の罪で処刑された。

「今までのこと、すべて、私を悪女に仕立て上げるために……？」

「そうです」

王子は王を指さした。王の周りには黒い大蛇がまとわりついている。

「他人からの憎悪は、本来なら術者の力を弱めます。アレをあのように従えられるのは父上くらいのものでしょう。ですから、無実の罪でも国中の人間から恨まれたら、たとえ黒魔術師のあなたでも弱るのではないかと思ったのです」

王が「見事にすべての策を阻止されたがな」と豪快に笑っている。

どうやら、本物のアルデラが時を巻き戻す前の人生は、この王子の策略に嵌《は》められた人生だったようだ。

ノアが殺されてアルデラが悪女に仕立て上げられたんじゃなかった。アルデラを悪女に仕立て上げるためにノアが殺されたんだわ……。

「許せない……」

「あなたのせいですよ」

笑みを浮かべながら王子は淡々と語りかけてくる。

「あなたが伯爵家に行かなければだれも苦しまなかった。レイヴンズ伯爵領は豊かなので、時間がたてば借金もなくなったでしょう。あなたのせいです。あなたが悪いのです」

私は両手を握りしめた。

「ちがうわ……アルデラはとってもいい子だった……。アルデラはだれかを傷つけるような子じゃなかった！　王家への反逆なんて思いつくような子じゃない！」

「黒魔術師は悪です」

「悪人はあなたよ！」

「では、皆さんに聞いてみてはいかがですか？　あなたのせいで王家ににらまれてしまった伯爵家の方達に」

ニコッと王子に微笑みかけられて、私はとっさに下を向いた。

前にはノアがいる。後ろにはクリスがいる。この話を聞いた二人がどんな顔をしているのか見るのが怖かった。

アルデラが……私がいなかったら大切な人達はだれも苦しまなかった……？　私のせいで……

ノアが……クリスが……伯爵家のみんなが……。

私の身体が黒いモヤで包まれていく。王子からは「いいですね。自分自身を恨み始めた」と満足そうな声が聞こえる。

「姉様！」

ノアの声が聞こえた。

「姉様！　大好きです、姉様ぁ！」

ハッと顔を上げると遠くで泣きそうな顔をしているノアと目が合った。

「アル、家族を信じて」

その言葉とともに、クリスに後ろから抱きしめられた。胸の内に泣きたくなるような温かさを感じて私は願った。

王子の魔術を一時的に封じて。

私が身につけていたすべてのアクセサリーが砕け散り黒い炎に包まれる。

それを見た王子が「残念です」とつぶやきながら指を鳴らしたけど何も起こらない。

「まさか……⁉」

「そのまさかよ。あなたの魔術は一時的に封じたわ」

「黒魔術でそんなことまでできるなんて……」

「あら、サラサに聞かなかったの？　彼女、この方法でやられているけど？」

セナがノアを抱きかかえて私の側に駆け寄った。

「人質は返してもらうわね」

王子の顔から余裕の笑みが消える。代わりに私が微笑んだ。

「さぁ反撃の時間よ」

私の言葉とともに、ブラッドとコーギルが剣を鞘から引き抜いた。

それまで事の成り行きを見守っていた王が口を開く。

「息子よ。もうよい、下がれ」

「父上。面目ございません」

王子は王の後ろに下がった。王は準備運動のように両手をブラブラさせる。

「我が祖先が黒魔術師に無様にやられてから数百年。我らはその間、強さを求め続けてきた。再び黒魔術師が現れたとき、決して負けぬために！　わしの両手両足などくれてやるわ！」

私はバスケットをひっくり返すと、使用人達から集めた髪束を握りしめた。

「私達を守って！」

髪束が黒い炎に包まれる。王は床を蹴るとコーギルに殴りかかった。見えない壁に守られ王の右拳はコーギルに届かない。しかし、王は引かず左拳で殴りかかる。

今度は見えない壁が割れコーギルが後方へ吹っ飛んでいく。壁に守られ勢いをそがれたはずなのに殴られたコーギルはピクリとも動かない。

クリスがコーギルに駆け寄り「生きている！」と教えてくれた。

「あんなの……直撃したら、即死じゃない……」

両腕が折れた王にブラッドが斬りかかったけど、軽く避けられてしまっている。

王を回復させてはいけない！

サラサを見ると魔力が切れてしまったようで苦しそうに床にしゃがみ込んでいた。その側に王子がいてサラサに自分のネックレスを渡そうとしている。あのネックレス型の魔道具を使うと死刑囚から魔力を奪い、サラサがまた白魔術を使えるようになってしまう。

「ダメ！」

私が王子を止めようとした瞬間、王の蹴りが繰り出された。見えない壁に阻まれたけど、すぐにもう片方の足が蹴り出される。

迫ってくる王の足を見て、私は死を覚悟した。とたんに私は後ろに引っ張られ、私と王の間に人影が割り込んだ。

「セナ⁉」

見えない壁が割れた。私の代わりに王の足を受け止めたセナがおもちゃのように吹っ飛んでいく。

両手両足が折れた王は床に崩れこんだ。その背後から剣を振りかざした王子が私に斬りかかってくる。

黒魔術が、間に合わない！

私はぎゅっと目を閉じた。しばらくたっても痛みは感じない。そっと目を開けると、すぐ側にキャロルが倒れていた。

「キャロル⁉」

キャロルは胸辺りを斬られ、流れ出る血でドレスが赤黒く染まっている。

「どうして⁉」

「アルデラ様……。私、ずっと自分が大嫌いでした。だって、みんなお姉様ばかり大切にするんですもの……私のことなんかだれも愛してくれなかった。ずっと、だれかに愛されたかったんです……」

キャロルの身体はどんどん冷たくなっていく。

王子は「これが、最後のチャンスでした」とつぶやくと、持っていた剣を手放して両手を上げた。

「私達の負けです」

そう言う王子の背後で、ブラッドが王子に剣を突きつけていた。

終わった……でも。

私はしゃがみ込むと、床に広がっていくキャロルの血にふれた。

「ど、どうしよう！　黒魔術じゃ、私じゃキャロルを治せない」

魔力切れを起こしたサラサは、少し離れたところで倒れ意識を失っている。そうしている間にも、キャロルの傷口から流れる赤い血が床へと広がっていく。

「どうして私をかばったの？　私を殺したかったんでしょう⁉」

　キャロルは力なく微笑んだ。

「アルデラ様の不思議な力で、ただぼんやりと過ごしていたら、今まで見えなかったものが見えてきて……。私付きのメイドは、いつも私の側にいてくれて……地味で根暗な夫は、私に会うたびに一生懸命、話題を振ろうとしてくれていた……。私のことを気にかけてくれている人達もいたんです……。もっと早く気がついていれば……でも気がつけてよかった。アルデラ様のおかげ……」

　キャロルは少しだけ微笑んだ。

「キャロル……」

　ポンッと私は肩を叩かれた。振り返るとノアがいる。

「姉様、大丈夫ですよ！　ぼくが治します！」

　ノアはキャロルの側にしゃがみ込むと傷口に両手をかざした。白く温かい光がキャロルを包んでいく。でも、すぐに光は弱くなっていった。キャロルの傷を治すにはノアの魔力が足りていない。

　私は王子が落とした剣を拾うと自分の長い黒髪を切り落とした。その黒髪を代償として願う。

「私の魔力をすべてノアに」

　黒髪が黒い炎で包まれていく。魔力切れを起こした身体では私も立っていられない。

　遠くでブラッドの叫ぶ声が聞こえた。

「アルデラ様、いけません！　まだです！　まだ終わっていない！」

ひどくまぶたが重い。

「違うのです！　私の夢の声とこの者達の声が！　違うのです！　夢の中でノア坊ちゃんを殺した犯人は別にいます！」

私の意識はプツンと途切れた。

＊

「お姉さん！」

身体をゆすられ私は我に返った。

そこはいつも夢に出てくるテレビがある和室で、目の前には本物のアルデラがいた。

「ずっとここから観てたけど、お姉さん無茶しすぎだよ！」

「そうだけど、無茶をしないと殺されていたわ」

「そうかもしれないけど……」

困り顔のアルデラに「あのあと、どうなったかわかる？」と尋ねると、アルデラは首を左右に振った。

「わからないの。このテレビで観られるものはお姉さんが見たものだけだから」

私が気を失う瞬間、ブラッドはたしかに『別に犯人がいる』と叫んでいた。

「いったいどういうことなの？」

「私も気になって、今調べていたんだけど」

本物のアルデラはテレビのリモコンを何回か押した。

「あ、あった。お姉さん、これを観て！」

テレビの画面にはブラッドと私が映っている。画面の中で、ブラッドは自分が夢で見た犯人達のことの会話を私に説明していた。

——ちょうどよかった。お前には死んでもらおうと思っていた。

——邪魔なあの女も早く殺しましょうよ。

——あの女はまだ殺さない。利用価値があるからな。

本物のアルデラは映像を止めた。

「お姉さん。この会話、おかしくない？」

「ん？　どこが？」

「だって、さっき戦った王様や王子様は『黒魔術師を消したい』って言ってたよ？　悪だから危険だから国の平和のために倒さないといけないって」

「そうね」

「でも、この犯人は『黒魔術師を何かに利用しよう』って考えているよ。そんな危険なこと、あの王様や王子様が考えるかなぁ？」

言われてみればそうかもしれない。黒魔術の危険性を知っているからこそ彼らは慎重に慎重を重ねて黒魔術師を殺そうとした。

「じゃあ別に犯人がいるとして、どうしてその犯人はキャロルと手を組んでいるの？　どうしてノアを殺したの？　それは王子が立てた計画でしょう？」

本物のアルデラは「そっか、そうだね。おかしいね」としょんぼりする。

私が「ああでも待って。もしかして、その犯人は王子の仲間なのかも？」と言うと、本物のアルデラは不思議そうに首をかしげた。

「ほら、王が言っていたこと、覚えていない？　『洗脳が効かない自分達だけで黒魔術師を倒さないといけない』って。ということは、他にも味方がいるけど今回は連れてこなかっただけとか？」

「ああ、なるほど！」

「そう考えると、敵側は仲間だけど意見が統一されていないってことよね？　黒魔術師を殺したい派と、利用したい派がいるってことでしょう？」

本物のアルデラが「おおー」と言いながら手をパチパチと叩いた。

「あ、お姉さん、もうそろそろ……」

＊

気がつけば私は、ベッドの上で横になっていた。手や足が動くことと、どこか痛いところがないか確認してから私はゆっくりと起き上がる。

「ここは……どこ?」

見覚えのない部屋だった。伯爵家や翡翠宮ではない。この部屋は質素な作りで家具もほとんど置かれていなかった。

一瞬、今までのことはすべて夢だったのかと思ったけど、腰まであった自分の黒髪が肩の長さまで短くなっているのを見て、私は夢ではなかったと確信する。

窓の外から声が聞こえる。だれかが話しているようだ。

私は外からは見えないように身を隠しながらそっと窓の外をのぞき見た。男が二人で一心不乱に腕立て伏せをしている。

騎士の訓練中……?

その内の一人が「腕立て、やめ!」と号令をかけると、男二人は一度、地面に突っ伏した。すぐにガバッと起き上がったのは王子だった。その横で、フラフラと起き上がったのはブラッドだ。

「で、殿下……。毎朝、こんなに厳しい訓練を……?」

王子は「これは軽いほうですよ。父上がいらっしゃるときはもっと厳しいですから」と言いながら微笑んでいる。

ど、どういう状況!? というか人の部屋の前で訓練しないでよ。

私があきれていると、ブラッドがこちらに気がついた。

「アルデラ様! お目覚めになられたのですね!?」

ブラッドは汗を煌《きら》めかせながら窓辺に駆け寄ってくる。

「ここはどこ？　私は何日寝ていたの？」

「ここは私の生家の男爵家です。アルデラ様が眠っておられたのは一週間ほどです」

一週間寝込んでいた割には身体が軽い。不思議に思っていると、ブラッドが「アルデラ様が寝込んでいる間、ノア坊ちゃんが毎日、白魔術をかけていました」と教えてくれる。

「そうだわ、ノアは大丈夫なの？　キャロルは？」

「大丈夫です。ノア坊ちゃんは元気ですし、キャロルも一命を取り留めました」

「そう、よかったわ……。それで？　あのあとどうなって、今こうなっているの？」

「それは私から説明しましょう」

王子がタオルで汗を拭きながら近づいてきた。アルデラが王子を警戒するとブラッドが「ご安心ください。今は敵ではありません」とささやく。

王子は少し恥ずかしそうに頭をかく。

「実はお恥ずかしい話なのですが、身内に裏切られてしまいまして」

「は、はぁ？」

王子が言うには、黒魔術師を討伐するために王が城を空けるので、騎士団長に城の警備を命じたら謀反を起こされてしまったそうだ。

「その謀反を起こした騎士団長が、私の叔父でして」

「えっと、殿下の叔父ということは、つまり陛下の弟ということでしょうか？」

王子は「そうです」とうなずく。

「アルデラさんが倒れたあと、その叔父が騎士を引き連れてあの場に乗り込んできまして。何を血迷ったのか私や父までも捕らえようとしたので、とっさに私の近くにいた人間ごと空間転移魔術を使いました」

どうやら、黒魔術で封じていた王子の魔術は、そのときには効果が切れて使えるようになっていたらしい。

私が「近くにいた人間ということは、殿下は全員を転移させたわけではないのですね？」と確認すると、王子は「はい、とっさのことで私の周囲にいた者しか転移できず。私は父を助けることができませんでした」と暗い顔をする。

ブラッドが「あの場から逃げられたのは、アルデラ様、殿下、私の他に、ノア坊ちゃんとキャロルだけです」と教えてくれた。

王子が「残りの者達は城の地下牢に捕らえられています。みんな、まだ生きています。実際に私の魔術で偵察してきたので事実です。きっと私やアルデラさんをおびき出すために生かしているのでしょう」と言いながら悲しそうな顔をする。

「だいたいの流れはわかりました。で、どうしてブラッドは殿下とそんなに仲よしになっているの？」

「実は、その騎士団長がノア坊ちゃん殺しの犯人だったのです。実際に声を聞いて確認したので間違いありません」

ブラッドのその結論は、夢の中の和室で本物のアルデラと話した内容ともつじつまが合っている。

なるほどね……。黒魔術師アルデラを利用したかったのは、王位を狙っている王弟の騎士団長だったってわけね。私と王で潰し合いをさせたかったのね。

以前のアルデラは、処刑されるまで黒魔術に目覚めなかったので、騎士団長は思惑が外れて、さぞガッカリしたことだろう。

しかし、やり直しの今では、黒魔術のおかげで王子の策略は切り抜けたけど、代わりに騎士団長の望み通りに王と潰し合ってしまった。

「わかったわ。騎士団長が私達の共通の敵になったのね」

「はい。殿下と話し合い一時休戦して協力しようということになっています」

王子は私に向かって頭を下げた。

「アルデラさん、どうか私に力を貸してください」

「協力はします。ただ、条件があります」

「なんでしょうか？」

「黒魔術師を……私を殺さないでください。たしかに黒魔術は万能です。でも悪いことに使うつもりはありません」

「わかりました。でしたら、こちらも条件があります。私と結婚してください。これからは、排除するのではなく黒魔術師の血筋を王家に取り込みます。そうすれば黒魔術師だからと命を狙われることもなくなりますよ」

突然のプロポーズを受けて、私はなぜか脳裏にクリスの顔がよぎった。王子の横でブラッドがあんぐりと口を開けている。

「で、殿下。アルデラ様はすでにクリス……いえレイヴンズ伯爵の妻です。いくら殿下でも既婚者を妻には……」

王子は「そうなのです。それだけが問題で」とため息をついている。私が「それ以外の問題はないのですか？」と尋ねると王子は「はい」と答えた。

「私は強い女性が大好きなので！　アルデラさんは理想的です！」

輝く王子スマイルを向けられて、その眩しさに私は目を細める。この人、変な人だわ。

「私のほうは問題がありますよ。ノアの成長をずっと見守りたいですし、それに……」

「それに？」

「たぶん私、夫のクリスのことが好きですから」

王子が「残念です」と答えた横で、ブラッドがとても嬉しそうな顔をした。私は急に恥ずかしくなってうつむき、赤い顔のまま咳払いをする。

「話を戻しましょう。殿下と私が結婚する以外の方法はありませんか？」

王子は「うーん」と言いながら腕を組んだ。

「そうですね。他には黒魔術を制御する魔道具を作らせる、とかですかね？　あまり現実的ではありませんが」

「黒魔術の制御……それができればたしかに王家の不安も減りますね」

　私は初代公爵家当主に作られたセナなら何かわかるかもしれないと思った。

「アルデラさん。この話はあとにして、とにかく今は手を組んでお互いの大切な人を取り返しませんか？　もちろん、もう二度とあなたの命を狙わないことをお約束します。私の命にかけて」

　王子にどこかで見たことのある懐中時計を手渡された。

「これは実は魔道具でして……」と説明しようとする王子を私は止めた。

「知っています。この懐中時計の中に殿下の命が入っているのですよね？」

「そうです。……王族以外には存在すら知られていない国宝級の魔道具をどうしてあなたが知っているのかが大変気になりますが今は流しましょう」

『それを作ったであろう王宮お抱えの魔道具師本人からもらって、私も持っているんです』と言えば、魔道具師が王子に大変な目にあわされそうな気がしたので、私も王子に合わせて話を流した。

「殿下はとても怖い方ですから、この懐中時計は有難く受け取っておきます。これくらいしていただかないと信用できません」

「では、これで私のことを信用していただけましたか？」

「はい、ひとまずは」

　満足そうにニコリと微笑んだ王子に、私は気になっていたことを聞いた。

「それで、殿下は私に何をさせようとしているのですか？　自由に場所を転移できる殿下が牢から陛下を助けられない理由があるのですよね？」

王子は「アルデラさんは理解が早い。さすが父上と私が敗北を認めた方ですね」と拍手する。

「あなたのおっしゃる通りでして、実は父が繋がれている牢屋が厄介なのです。牢屋自体が魔道具になっていて、制作者はマスターだといわれています」

「マスター……初代公爵家当主ですね」

彼は私と同じ黒髪黒目を持つ最強の黒魔術師だったらしい。

「それで、その牢屋の開け方は？」

王子は「王の証であるブローチを持つ者にしか開けることができません。本来なら父のみが開けられたのですが、ブローチは騎士団長である叔父に奪われてしまいました。なんとかしてそのブローチを取り戻さなければ……」と言いながら難しい顔をしている。

どこかで聞いたことのあるブローチの話に私とブラッドは顔を見合わせた。私の脳裏に、公爵家の証のブローチを奪ったときのことと、サラサから魔道具のネックレスを奪ったときのことが蘇る。

「殿下、お任せください。私達、そういうの得意です」

私が宣言した通り、事態はすぐに解決した。

まず王子の空間転移魔術で私、ブラッド、王子の三人が王城内部に転移。

駆けつけた王宮騎士団の半分に私が黒魔術をかけ洗脳。残り半分と争わせた。

心が綺麗だったり行いが立派だったりする人物には黒魔術をかけることは難しいけど、幸か不幸か王宮騎士団員の中にはそんな人はいなかった。

ちなみに黒魔術の代償として使っているのはブラッドの実家の男爵家で働く使用人の髪だった。希望者から髪を高値で買い取らせてもらった。支払いは王子持ちだ。

味方同士で斬り合いを始めた騎士団の横を通りすぎながら、私が「王宮騎士団はあまりいいウワサは聞きませんね」と王子に言うと、王子は「騎士団のことは叔父に任せっきりでしたので。お恥ずかしい限りです」と重いため息をついた。

私は不思議に思って「殿下ほど優秀なお方が？」と尋ねると、王子は「つい最近まで黒魔術師の抹殺が最優先事項でしたので」と微笑む。

ああ、そっか。今まで私を殺すことが最優先だったから、騎士団のことにまで手がまわらなかったのね。

なんとも言えない気分になりながら、私は王子とブラッドとともに謁見の間を目指した。

特に問題もなく謁見の間にたどり着くと、王座に座っている騎士団長は具合が悪そうだった。それもそのはずで、憎悪でできた黒い大蛇が騎士団長を締め上げている。

私が「あれは陛下の周りにいた大蛇ですか？」と確認すると、王子は「そのようですね。王の器でもないのに、あの椅子に座るからああなるのですよ。まったく叔父には困ったものです」と、またため息をついた。

騎士団長の胸元には、公爵家当主の証とよく似たブローチが輝いている。

「あれを取り返せばいいのね」

凶暴化している大蛇に近づくのは危険かもしれない。私は手に持っていた髪束を代償に黒魔術を発動させた。

「大蛇を騎士団長から引き離して」

髪束はすぐに黒い炎に包まれ、大蛇が騎士団長から離れた。

「ブラッド、今よ！　ブローチを奪って！」

「はっ」

短く返事をしたブラッドは素早く鞘から剣を引き抜くと、騎士団長に向かって駆けた。そして、騎士団長の胸元のブローチを引っ張ったかと思うと、ブローチの根元を服ごと切り裂く。

「鮮やかな手際ですね」と感心する王子に、私は「もう三回目なので」と苦笑する。

予想外だったことは騎士団長から離れた大蛇がこちらに向かってきたことだ。

「あら、大変」

私がそうつぶやいたと同時に王子に肩を抱き寄せられた。王子がパチンと指を鳴らすと、私と王子はブラッドの側に立っていた。

目標を失った大蛇は、騎士団長に襲いかかっている。王家のブローチを持たない騎士団長では、大蛇を防ぐことができない。

「う、うわぁあ!?」

叫び声を上げる騎士団長を見ながら。王子がため息をついた。

「叔父上、私達が戻るまで生きていればいいのですが……。謀反の罰は本人にしっかりと償ってもらわないと。まぁ、でも今は父上のことが先ですね」

王子がもう一度パチンと指を鳴らすと、私達三人は地下牢の前にいた。

「殿下の魔術はすごいですね」

私がそう言うと、王子は「空間転移魔術は、欠点も多いのですが、私とアルデラさんが手を組むと、簡単に世界を征服できそうですね」と真顔で言った。

いつもニコニコしている人の急な真顔に少しの恐怖を感じながら私は答える。

「それは……あまり楽しそうではありませんね」

王子はフッと噴き出したあとに「そうですね」と微笑んだ。

ブラッドは「アルデラ様、どうぞ」と言うと、王の証のブローチを私に手渡す。

受け取ったブローチは、公爵家当主の証と対になっているような印象を受けた。サイズはどちらも手のひらほどある大きなものだ。太陽を象った銀細工の公爵家の証とは違い、王の証は月を象《かたど》った金細工だった。

どちらも中心には琥珀色の石がはめられ、その中にはそれぞれの家の紋章が刻まれている。

銀の太陽と金の月って……普通は太陽を王家のモチーフに使うんじゃないの？

太陽を公爵家に使うあたりマスターは、王家を軽視していたのかもしれない。

いくら国を救った英雄でも、これは王家から危険視されても仕方がないわね……。

そんなことを考えながら歩いていると、王子はある牢屋の前で立ち止まった。その牢屋はとても異質で、複雑に入り組んだ鉄格子のすべてに見たこともない記号が細かく刻まれている。

王子は私を振り返った。

「この中に父上が捕らわれています。アルデラさん、ブローチに魔力を流してください。そうすることで牢が開かれます」

「私がですか？」

私が危険はないのかと疑っていると、王子は申し訳なさそうな顔をした。

「私は空間転移魔術しか使えないのです。それもその魔術師の血筋だから使えているだけで、魔力自体を操ることはできません」

「そういうことなら……」

私は仕方なく王の証のブローチに魔術を流し込んだ。異質な牢屋はまるでパズルが解けるかのように機械的に動いたあと扉が開く。

王子が「父上！」と呼びながら牢の中へ入って行った。

うまくいったようね……あれ？

ブローチに魔力を流し込むのをやめようとしたのに、無理やり奪われるように魔力がブローチに流れていく。

「えっ⁉」

異変に気がついたブラッドが私を助けようと手を伸ばした瞬間、私の周囲の景色が変わった。

「どこかに飛ばされた⁉」

私は『また王子に嵌められた⁉』と思ったけど、手に持っているブローチを見て、王宮お抱えの魔道具師に言われた言葉を思い出した。

王宮お抱えの魔道具師はブローチを研究した結果『異界の扉を開くことができるようなのです』と言っていた。

「もしかして、王の証のブローチも同じ作りだったの⁉」

二つはとても似ているので、その可能性が高い。

「異界って……ここはどこ？」

周囲を観察すると美しい森が広がっていた。淡い光が降り注ぎ幻想的な空間を作り出している。

「よく来たな」

背後から声をかけられ私は驚き振り返った。そこには黒い髪と黒い瞳の青年が立っていた。

「待っていたぞ」

「……あなたは？」

青年はニコリともせず「俺のことはマスターと呼んでくれ」と言った。

「マスターって……もしかして、あなたが初代公爵？」

「ああ、そうだ。お前は俺の子孫だな」

「そう、だけど。数百年前に死んだあなたがいるってことは……もしかして、私、死んじゃったの⁉　ここは天国⁉」

「まぁ落ち着け。半分間違いで半分正解だ」

「どういうことなの？」

青年は意地悪そうに笑う。

「お前は死んでいない。でも、ここは天国だ」

「はぁ!?」

「ここは、俺が作った世界なんだ。生きている世界に飽きてしまってな。黒いモヤをまとわずに死んだ魂だけが来られる楽園を作った。ようするに天国みたいな場所だ」

「そんなことができるの？」

「できるぞ。黒魔術は万能だからな。限りなく神に近い力だ。だから、黒魔術師本人の魂を代償に捧げるとなんでもできてしまうんだ。新しい世界を作ったり、時間を巻き戻したりな」

森の奥から金髪の美しい女性が現れた。マスターに微笑みかけると腕をからめてそっと寄り添い口を開く。

「この方があなたの後継者？」

「ああそうだ。俺にそっくりだろう？」

マスターの言葉を受けて清楚《せいそ》な美女は「そうね。あなたとそっくりな綺麗な黒髪と綺麗な瞳ね」と微笑んだ。

「えっと、こちらの美女は、マスターの奥さん？」

「そうだ」

ということは、数百年前のこの国のお姫様ね。人嫌いのマスターが唯一愛した女性。

「……もしかして、奥さんが亡くなったからあとを追ったとかじゃないわよね？　亡くなった奥さんと一緒にいたくて新しい世界を作ったとか？」

マスターは何も言わず視線をそらした。その隣で奥さんがクスクスと笑っている。

マスターはしばらくすると「いや、あれだ、現実世界は悪いやつが多いからな。心の綺麗さで住み分けたほうが平和だろう？」と取ってつけたような言いわけをした。

「ま、まぁどういう理由でもかまわないけど、どうして私をここに呼んだの？」

「さっきも言ったが後継者がほしい。この世界は発展しすぎてな。俺一人で維持するのが難しくなってきた。お前は俺の子孫だから、俺の子どものようなものだ。後継者に相応しい」

その言葉を聞いた奥さんは「あら、じゃああなたはこれから私の娘になるのね」と嬉しそうにしている。

「俺はいつかこうなることがわかっていた。だから、選ばれた黒魔術師だけがこの世界に来られるような仕掛けを残しておいたんだ。まぁ心が綺麗なら仕掛けなしでも死んだらここに来られるがな」

一方的な言い分に私はあきれてしまう。

「事情はわかったけど、どうして私があなたの言う通りにしないといけないのよ……」

「まぁそう言うな。ここでは俺が神だからな。お前の願いを叶えてやるぞ」

「……なんでも？」

「ああ」

私は黙り込んだ。

ノア殺しの犯人がわかった今、もうノアが殺されることはないわ。伯爵家の借金もない。伯爵家に関わっている人は、これから幸せに生きるだろう。あとは……。

私はテレビしか置かれていない和室で、一人過ごす黒髪の少女のことを考えた。彼女が命をかけて守った伯爵家に、彼女が帰ってこそ最高のハッピーエンドだと思う。

なんでも叶えてくれると言うマスターに私は質問した。

「じゃあ、あなたなら消えたアルデラの魂を復活させられるの？」

「そんなことでいいのか？」

マスターがパンと手を叩くと、その場にアルデラがもう一人現れた。

私の髪は短くなってしまったけど、本物のアルデラの黒髪は長いままでホッとする。

急に現れた本物のアルデラはこちらに気がつくと「お姉さん！」と言いながらしがみついてきた。

本物のアルデラに「今の状況はわかっている？」と尋ねると「うん、テレビで観てた」とうなずく。

「なら話は早いわね」

本物のアルデラは不安そうな顔をしている。

「アルデラ、私とあなたの望みが叶うわ」

本物のアルデラの魂が復活した今、前世の記憶を持つ私は元の世界に戻るわけにはいかない。

現世のアルデラの身体は一つしかない。ここから帰れる魂も一つだけ。

不安そうな顔をしているアルデラの両手を私はそっと握った。

「今度こそ、幸せになってね」

「お姉さん……本当にいいの？」

そう聞かれると、今まで出会ったいろんな人達の顔がよぎった。ノアやクリスのことを思うと胸が痛む。その痛みを抑えつけるように私は微笑んだ。

「……いいの」

「でも、今まで頑張ってきたのはお姉さんなのに……私が家族になっちゃって本当にいいの？」

「いいのよ。あなたが幸せになってくれるのが私の望みだから」

「お姉さん……ありがとう」

本物のアルデラは黒い瞳にいっぱい涙を浮かべながら微笑んだ。そして、嬉しそうに駆けだした。

これで私の役目も終わったのね。これからはのんびりとマスターが作った世界で生きていくことになる。もう、ノアにもクリスにも会えない。でも二人は心が綺麗だから、いつかきっとまた会えるよね？

願いが叶って嬉しいはずなのに涙がこぼれた。ぎゅっと目を瞑る。

さようなら、みんな……。

涙でにじんだ景色の中で、本物のアルデラはマスターとマスターの奥さんの前に立っていた。

「？」

不思議に思った瞬間、本物のアルデラはうつむいた。

「私、ずっと私のことを必要としてくれるお父さんとお母さんがほしかったの。……あの、あなた達は本当に私のお父さんとお母さんになってくれますか？」

マスターが「もちろんだ」と答えると、奥さんは両手を広げて優しく本物のアルデラを抱きしめた。

「私達の間には息子しかいなかったから、ずっと娘に憧れていたの。私の夢まで叶っちゃったわ」

嬉しそうに微笑む奥さんの言葉を聞いて、本物のアルデラの瞳から涙があふれた。

マスターが「今日から俺のことはお父様って呼ぶんだぞ」と言うと、「はい、お父様」と本物のアルデラはうなずいた。

「私のことはお母様って呼んでね」

「はい、お母様」

本物のアルデラが振り返った。

「ありがとう、お姉さん！　私の願いが叶ったよ！　お姉さんのおかげだよ！」

頬を涙で濡らしながら、本物のアルデラはとても幸せそうに微笑んだ。

「え!?　ちょっと待って、私が思っていたのと違っ……」

「お姉さんも絶対に幸せになってね！」

その言葉を最後に強い力で押し出されるように、私はマスターが作った世界から弾き出された。

＊

気がつくと私はベッドの上に横たわっていた。

「私はいったい……？」

腕を少し動かすと、それだけでベッドに人が駆け寄ってきた。私が驚いているとベッドをのぞき込んだクリスと目が合う。青空のように綺麗な瞳が優しく細められた。

「目が覚めたんだね、アル」

「……クリス？」

不思議に思って首を動かし周りを確認すると、見知らぬ部屋が広がっている。

「ここは？」

「私の部屋だよ。アルは牢屋の前で倒れたんだ。覚えていない？」

私は王城で王の証に魔力を吸い取られたことを思い出した。

私の身体はあのとき倒れていたのね。たぶん、魂だけ抜けてマスターの作った世界に行っていたんだわ。

クリスは「倒れたアルを王城の医師に診てもらったけど、過労って言われたんだ。だったら慣れた場所でゆっくりしたほうがいいと思って私が連れて帰ってきたんだよ」と状況を説明してくれた。

「それはわかったわ。でも、どうして私の部屋じゃなくてクリスの部屋で寝ているの？」

クリスは「アルが目覚めたらすぐにわかるようにと思ってね」と、にっこり微笑んだ。

「よくわからないけど……私は何日くらい寝ていたの？」

「一週間くらいだよ」

クリスは私の右手をそっと握りしめた。

「黒魔術のことはブラッドからすべて聞いたよ。使うたびに倒れたり、数日間眠ったりしているって。ねぇアル。アルのどうしてもやりたいことは終わった？」

私のどうしてもやりたいことは、伯爵家の人達が幸せになること、ノアの命を救うこと、そして、本物のアルデラを幸せにすること。それはすべて達成できた。

「そうね、全部、終わったわ」

「じゃあ、もう黒魔術は使わないでほしい」

「え？」

「アルの身体が心配なんだ」

クリスの眉尻が下がり、その瞳は悲しそうだ。

「……わかったわ。もう使わない」

笑みを浮かべたクリスは、私の右手にキスをした。そして、咳払いをする。

「では、改めて言うよ。君を愛しているんだ。アル、私と本当の夫婦になってほしい」

私はベッドからゆっくりと起き上がった。目の前に金髪碧眼の麗しい男性がいる。まるで神父のような神々しい笑みを浮かべているけど、彼は本当の神父ではなかった。

多くの失敗をしてきたと言うし、後悔することもあれば悩みだってある。年上の男性なのにけっこう情けないところもある。

そんな不完全な部分を知った今だからこそ、私は素直に彼の側にいたいと思えた。

「その、私でよければ……よろしくお願いします」

クリスは屈《かが》むと私の額にキスをした。恥ずかしくなって顔をそらすと頬にキスされる。唇が重なったかと思うと首筋へと降りていく。

「ちょ、ちょっと待って⁉」

クリスを押しのけると、クリスは不思議そうに首をかしげた。

「展開が急すぎるわ⁉　ついていけない！　その、そういうのは……もう少し時間をおいてからにしてほしい……」

顔が熱い。恥ずかしすぎて両手で頬を押さえていると、クリスは口元を押さえながら顔を背けた。両肩が少しふるえているように見える。

「クリス？」

声をかけると、クリスに困ったような顔を向けられた。

「いや、私の奥さんが可愛すぎるなって思って。もちろん、目が覚めたばかりの君をどうこうするつもりはないよ。でも愛情表現が行きすぎてしまったね。ごめん」

クリスの頬が赤くなっているように見えるのは、たぶん気のせいではない。

エピローグ
epilogue

穏やかな日々を過ごす中で、短くなってしまった私の黒髪は、元通りの長さまで伸びていった。

見上げた今日の空は、どこまでも青く晴れ渡っている。

純白のウエディングドレスに身を包んだ私は、同じく純白のタキシードを着たクリスと見つめ合っていた。

「アルデラ、すごく綺麗だ」

「クリスもとっても素敵よ」

そんなことを笑顔で言い合えるくらい、私とクリスの夫婦関係は良好だった。

私が「まさか今さら結婚式をするとは思わなかったわ」と言うと、クリスは「どうしても君のウエディングドレス姿が見たかったんだ」と笑う。

結婚式は、レイヴンズ伯爵家の庭園で行われた。庭園は花やたくさんのリボンで飾られている。その中心に置かれた祭壇は、今日の結婚式のためだけに作られたものだった。祭壇では、神殿から招いた神官が私達が来るのを待っている。

神官の前で永遠の愛を誓えば、私達は夫婦になる。……まぁ、もう夫婦なんだけどね。

クリスにエスコートされながら、私は祭壇までまっすぐ延びる赤い絨毯《じゅうたん》をゆっくり歩いた。

両脇にはたくさんの花が飾られ、参列者が私達を見守っている。祭壇にたどり着いた私達に、神官は微笑みながら誓いの言葉を口にした。

「病《や》めるときも健《すこ》やかなるときも、悲しみのときも喜びのときも、貧しいときも富めるときも――」

神官の言葉を聞きながら私はこれまでのことを思い出していた。いろんなことがあったけど、クリスはいつも私に寄り添い支えてくれていた。もうクリスがいない人生なんて考えられない。

「――お互いを愛し助け、慰め敬い、その命ある限り愛し続けることを誓いますか？」

クリスから「はい」という返事が聞こえる。私の答えも、もちろん「はい」だった。

誓いのキスを交わすと結婚式の参列者から拍手が湧く。

「これより、二人は夫婦となります」

一番に声を上げたのはブラッドだった。

「おめでとうございます、アルデラ様！　クリス！」

忠誠心が強く剣の腕が立つブラッドは、王子から熱烈な誘いを受けて今は王宮騎士団の騎士団長になっている。伯爵位も与えられ、元騎士団長が治めていた領地もブラッドのものになった。

騎士団長になったブラッドは、王子とともに王宮騎士団の不正を一掃。初めは戸惑っていた騎士団員達も、腕が立つ上に頭が切れるブラッドに自然と従うようになっていったらしい。

ブラッドの隣でコーギルが「さいっこうにお美しいです！　アルデラ様！」と叫ぶ。

だれにでも優しかったコーギルは、ある日を境に黙々と剣の鍛錬をするようになった。それまで人を助けたり、愛嬌《あいきょう》を振りまいたりしていた時間をすべて鍛錬に充てていた。

そんなコーギルは、急激に力をつけていき、今ではブラッドの後を継いでレイヴンズ伯爵家の騎士団長になっている。

コーギルの横では、キャロルが控えめに手を振っていた。

「おめでとうございます。アルデラ様」

そう言ったあとに、キャロルは隣にいる夫のライヤー子爵と手を繋ぎ幸せそうに微笑み合った。

身を挺《てい》して私をかばってくれたキャロルは、一命を取り留めたけど身体に大きな傷跡が残ってしまった。それでもライヤー子爵はそんなことを一切気にせずキャロルを愛し続けている。今では二人は社交界一、仲がいい理想の夫婦と女性達に憧れられていた。

ノアとセナが、こちらに駆けてくる。セナは優しい笑みを浮かべていた。

「おめでとう、アルデラ」

人に教えるのがうまいセナは、レイヴンズ伯爵家が作った孤児院で、お母さん兼先生をしていた。そして、王宮お抱え魔道具師と一緒に黒魔術を制御する魔道具の開発をしている。セナのあまりの博識さに王宮お抱え魔道具師がセナを「賢者さまぁあ！」と崇《あが》めているのは有名なこと。

セナの次にノアがお祝いの言葉をくれた。

「おめでとうございます！　アルデラ姉様」

「ノア、まだ私は姉様なの？」

私がそう聞き返すと、ノアは頬を赤く染める。

「あ、えっと……アルデラ……母様」

「ありがとう、ノア」

私がノアに微笑みかけると、クリスがノアを抱き上げた。

「わ、わぁ⁉」

クリスの首元に抱きついたノアは、幸せそうに笑っている。そんな私達を見て、ケイシーが涙を流していた。

「うっうう、おめでとうございます。クリス様、アルデラ奥様」

その言葉を聞いて、私とクリスは顔を見合わせた。ケイシーは、今までずっと私達のことをクリス坊ちゃんとアルデラ様と呼んでいた。

「……そっか、私達ちゃんと夫婦になれたのね」

クリスは「そうだよ」と言いながら、私の頬にキスをする。

「これからもどうぞよろしく。私の奥さん」

私はクリスの頬にキスを返した。

「こちらこそ、どうぞよろしくね。私の旦那様」

二人で見つめ合ったあとに、私とクリスは両側からノアの頬にキスをする。

「ノアもこれからもよろしくね。あなたは私達の大切な子どもよ」

「はい！」と元気なお返事をしたノアは、「ぼくはこの国で一番幸せな子どもです」と満面の笑みを浮かべる。

「じゃあ、私達はこの国で一番幸せな家族ね」

私達なら何があっても助け合い、これからもずっと笑いあっていける。みんなで勝ち取ったこの幸せが終わることはない。

おわり

Mfノベルス

転生《てんせい》悪女《あくじょ》の幸《しあわ》せ家族《かぞく》計画《けいかく》
黒魔術《くろまじゅつ》チートで周囲《しゅうい》の人達《ひとたち》を
幸《しあわ》せにします

2023年12月11日　第1刷発行

著　者　来須《くるす》みかん

発行者　渡辺勝也

発行所　株式会社トーハン・メディア・ウェイブ
〒162-8710　東京都新宿区東五軒町6-24
［電話］03-3266-9397

発売元　株式会社双葉社
〒162-8540　東京都新宿区東五軒町3-28
［電話］03-5261-4818（営業）
http://www.futabasha.co.jp/（双葉社の書籍・コミック・ムックが買えます）

印刷・製本所　中央精版印刷株式会社

［お問い合わせ先］［電話］03-5261-4822（双葉社製作部）
ISBN 978-4-575-24698-8 C0093